KB202069

너는 스노볼 속에

너는 스노볼 속에

오동궁 장편소설

차례

너는

스노볼

속에

갓 태어난 병아리 떼처럼 순진하고 사이좋은 우리를 갈라놓은 것은 따분하기 짝이 없는 하나의 질문이었다.

"그 전에 그 얘기부터 해 봐야 할 것 같은데, 테라포밍[1] 은 사실 비윤리적이지 않나요?"

우리가 몸을 실은 우주선 세찬미르는 외계 행성 '보미나리'를 테라포밍 하기 위해 106년째 날아가는 중이었다. 그날은 내게 15년 가까이 지속된 평범한 저녁 식사 시간이었고 카페테리아는 늘 그렇듯이 시답잖은 이야기를 주고받으며 밥을 먹는 아이들로 북적거렸다. 그런데 누가 난데없이 이렇게 물은 것이다.

---

[1] 지구가 아닌 행성이나 위성 등의 환경을, 지구 생물이 살 수 있도록 지구와 비슷한 환경으로 만드는 일.

이 질문은 내 동기인 여진이 테라포밍학 수업 때 배운 내용이 이해가 안 간다며 엘턴에게 묻는 중에 도경 누나의 입에서 나왔다. 사실 그건 질문이 아니었다. 21세기 사람들이 '답정너'라고 부르던, 일종의 선언이었다. 그 문장 안에는 부정을 뜻하는 말이 두 개나 들어가 있었다. '비非' 그리고 '않나요'. 우리는 이중 부정은 완곡하거나 강한 긍정을 뜻한다고 배웠다. 질문자의 성격을 생각해 보면 도경 누나의 말은 완곡한 긍정보다는 강한 긍정에 가까웠다.

도경 누나는 스무 살이라는 나이가 믿기지 않는, 고뇌에 가득 찬 얼굴의 소유자였다. 거기다 어쩐지 음울한 오라aura를 풍기고 있어서, 누구든 마주치기만 하면 저도 모르게 뒤로 물러나게 만드는 재주가 있었다. 덕분에 1기 선배들 사이에서 자타 공인 '심각쟁이'로 통했지만 의외의 사실이 하나 있었다. 그런 도경 누나가 바로 감미로운 목소리로 옛 팝송을 흥얼대는 로맨티스트 지혁이 형의 여자친구라는 사실이었다.

지혁이 형으로 말할 것 같으면 내 친구 효준도 못 말릴 낙천주의자였다. 푸드 프린터가 고장 났어? 괜찮아. 스마트팜에서 상추도 나오고 토마토도 나오는데 뭘. 영양실조? 며칠 고기 못 먹는다고 안 죽어. 죽을까 봐 무서워? 그럼 이 노래를 들어 봐.

형의 낙천주의는 생각의 얄팍함을 드러내는 증거였다. 10초 이상 생각해야 하는 상황이 오면 형은 노래로 도피했다. 형의 성적이 엉망인 것은 그런 성격이 한몫했을 것이다. 반면 도경 누나의 성적은 따라올 사람이 없을 정도였고.

세상 모든 것이 문제인 도경 누나와 세상 모든 것이 괜찮은 지혁이 형은 얼핏 보면 물과 기름 같지만, 실은 아주 잘 어울리는 한 쌍이었다. 지혁이 형이 없었다면 도경 누나는 자신을 괴롭히는 온갖 번뇌에 타들어 가 새하얀 재가 되어 버렸을지도 몰랐다. 도경 누나가 없었다면 지혁이 형의 플레이리스트에는 존 레논의 〈이매진Imagine〉, 포 넌 블론즈의 〈왓츠 업?What's up?〉, 호지어의 〈잇 유어 영Eat your young〉 같은 노래들이 오르지 않았을 거고.

지혁이 형의 친구들은 지혁이 형이 '진지충'이 되었다며 형을 그렇게 만든 도경 누나를 마녀라 욕했다. 그들에게 도경 누나는 존 레논과 다른 멤버들의 사이를 갈라놓아 비틀즈가 해체되게 만든 (혹은 그랬다고 팬들이 주장하는) 오노 요코였던 셈이다. 그 형들이 그러는 건 좀 지나친 면이 있었지만 실은 그리 나무랄 일도 아니었다. 도경 누나가 저런 식으로 분란을 일으키는 걸 보면 말이다.

그럼에도 나는 도경 누나의 질문을 듣자마자 주기적인 시험에 단련된 15세 소년답게 턱을 괴고 생각에 잠겼다. 답을 고민하는 것이었다. 질문이 아니란 걸 알면서도.

그래서일까? 머리를 쥐어짜도 답은 나오지 않았다. 테라포밍이 비윤리적이라고 한다면 보미나리를 테라포밍하러 가는 우리는 전부 나쁜 놈이 되어 버리고, 비윤리적이지 않다고 한다면 그건 정말 이상한 말이 되어 버리니까.

비윤리적이지 않다는 건 윤리적이라는 건데, 아무리 생각해 봐도 테라포밍이 윤리적이라고 결론 내릴 만한 일은 아닌 것 같았다. 그게 윤리적이라면 농업혁명과 산업혁명이, 즉 좀 더 기름지게 먹고 폼 나게 살아 보겠다고 산과 들과 바다를 갈아엎어 그곳에 살던 동식물을 내쫓고 밭을 일구고 공장을 짓던 일들이, 요약하자면 우리 지구를 병들게 만든 그 모든 일들이 윤리적이라는 말이 되니까.

지구terra도 결국은 인류가 자신들의 입맛에 맞게 포밍forming한 결과 지금 그렇게 신음하는 거라고 본다면, 우리가 포밍할 보미나리도 끝내는 지구처럼 병들지 않는다고 누가 장담할 수 있을까?

물론 개발과 파괴가 동의어라는 말은 흑백논리라며 싫어하는 사람도 있을 것이다. 그렇다고 테라포밍을 가치중립적이라고 말할 수 있을까? 테라포밍은 한 행성에 엄청난 변화를 일으킨다. 모든 변화는 긍정적이거나 부정적인 결과를 낳게 된다. 그렇다면 긍정적인 변화는 뒤로하고 부정적인 결과에 집중해 보자. 부정적인 결과란 누군가가 고통 받았다는 거다. 이렇게 되면 '가치중립' 같은 소리는 쏙 들어가 버릴 것이다. 가치중립적인 변화도 있지 않느냐고 따진다면……

"이 녀석, 또 태양계로 가 버렸네."

수찬이 내 얼굴에 대고 한숨을 쉬자 해물짜장 냄새가 내 얼굴을 덮었다. 수찬이 고른 저녁 메뉴였다.

"그러다 오늘도 밤새겠다, 노민아. 너 그래서 키가 안 크는 거야."

수찬은 도경 누나 말을 듣고 내가 쏟아낸 이 생각들이 한심하고 쓸모없는 논리라고 했다. 수찬이 엄지를 치켜들 줄 알았던 나는 풀이 죽고 말았다.

"내 말이 틀렸다는 거야?"

"헛똑똑아, 문제의 표면이 아니라 본질을 봐야지. 저건 그냥 일하기 싫다고 징징대는 거잖아."

"누나한테 징징이라니, 그러는 너야말로 너무 단순한 거 아냐?"

"단순함이 네 양들을 살찌우고 자손들을 복되게 하리라."

수찬은 되지도 않는 성경 문구 같은 말을 늘어놓더니 짐짓 엄숙한 얼굴을 했다.

"파란이 예상된다, 노민아. 돛대 잘 붙들고 있어."

뭐? '파란'이 예상된다고? 그때 효준이 조각 같은 해사한 얼굴을 들이밀었다.

"수찬아, 애 팔뚝을 보고 말하자."

효준이 섬섬옥수 같은 뽀얀 손으로 앙상한 내 팔뚝을 덜렁 들어

올렸다. 그러자 수찬의 얼굴에 짓궂은 미소가 떠올랐다.

"그거야 좋은 방법이 있지. 이 녀석을 돛대에 묶으면 돼."

나는 새로운 의심에 빠졌다. 배가 흔들린다고 돛대에 내 몸을 묶었다가 배가 부서지면? 그럼 난 배와 함께 침몰할 텐데?

마침 카페테리아의 벽면 스크린에서는, 세계 4차 대전에 대한 다큐멘터리가 끝나고 지구 온난화로 멸종된 바다코끼리에 대한 다큐멘터리가 재생되고 있었다. 극지방의 유빙이 녹자 바다코끼리들이 몸을 누일 곳을 찾지 못해 물속으로 가라앉고 말았다는 슬픈 이야기였다.

그 모습은 내가 품고 있는 끔찍한 상상을 일깨웠다. 우리가 몸을 실은 이 우주선 세찬미르가 유빙처럼 붕괴돼 우리 모두 검은 우주 속으로 가라앉게 되는 것. 아니, 우주에는 중력이 없으니 가라앉는다는 표현은 옳지 않다. 흩어진다, 혹은 삼켜진다는 말이 옳겠지.

내 머릿속에서 무슨 일이 벌어지고 있는지도 모른 채 수찬의 미소가 사악하게 변했다. 심지어 효준도. 녀석의 그런 얼굴조차 잘생겨서 내가 잠시 한눈을 판 게 문제였다.

수찬과 효준이 나를 벽에서 뚝 떼어 냈다. 둘 다 어찌나 힘이 센지 내가 핸드레일을 놓지 않으려 온 힘을 다해 발버둥을 쳐도 녀석들을 이길 수가 없었다. 내가 아무리 아니라고 우겨도 나는 효준의 말대로 좀 많이 약골인 모양이었다.

두 녀석은 나를 떼어 내는 힘의 관성을 이용해 로켓처럼 허공을 가로질렀다. 덕분에 나는 5초 만에 소월 누나 옆으로 가 있었다. 내가 무중력 속에 살고 있다는 사실이 이럴 때만큼 싫은 적이 없었다.

"누나, 얘가 또 심각쟁이 클럽에 가입하려고 해."

"그럼 안 되지. 끝까지 함께 가자, 노민아. 한없이 가볍고 심플하게. 지혁이를 빼앗겼는데 너까지 빼앗길 순 없어. 너 내가 사랑하는 거 알지?"

소월 누나는 수찬과 효준의 것을 합친 것보다 굵고 튼튼한 팔뚝으로 내 어깨를 감싸 안았다. 나는 엄마 코알라에게 안긴 아기 코알라처럼 누나에게 딱 붙어 버렸다.

나는 어릴 때도 이런 적이 왕왕 있었다. 역도 선수의 난자와 패션모델의 정자의 수정으로 태어난 소월 누나는 늠름하면서도 아름다웠다. 누나가 하늘을 나는 슈퍼맨 같은 자태로 복도를 가로지르다가 핸드레일을 잡으려고 손을 척 뻗으면 나는 미국 뉴욕의 어느 바닷가에 있다는 자유의 여신상을 보는 듯한 착각에 빠지곤 했다.

그랬다. 나는 누나를 우러러봤다. 누나는 나를 친동생, 아니 친자식처럼 아꼈다. 허풍이 아니었다. 누나는 열두 살 때 일곱 살인 내 귓전에 대고 속삭였다.

"있잖아. 이건 비밀인데, 2기 중에서 네가 제일 귀여워."

내게 누나는 돛대이자 등대였다. 누나와 팔짱을 끼고 있으니 열 살은 어려진 기분이 들며 어리광을 부리고 싶었다. 누나의 사랑을 받기 위해서는 뭐라도 할 수 있을 것 같은 마음도 솟구쳤다. 덕분에 도경 누나가 휘저어 놓은 머릿속이 차분히 가라앉았다. 심지어 도경 누나처럼 골치 아픈 생각 말고 주어진 삶을 살자는 생각까지 들었다. 나는 수찬에게 경탄의 눈빛을 보냈다. 이 똑똑한 녀석. 넌 날 너무 잘 알아.

순간 흠칫했다. 파란과 눈이 마주친 것이다. 누나 품에 안긴 어린애 같은 나를 파란은 얼마나 한심하게 생각할까. 품에서 빠져나오려 했지만 누나가 놓아주지 않았다. 나는 속으로 좌절에 찬 비명을 질렀다.

*

내가 앉아 있던 자리에서는 파란의 뒤통수만 겨우 볼 수 있었다. 실크처럼 은은한 광택을 빛내는, 가지런히 빗어서 단정하게 땋은 다갈색의 머리칼을 말이다. 그런데 소월 누나 옆으로 오자 파란의 얼굴이 내 얼굴과 불과 1미터 떨어진 곳에 정면으로 보였다.

구릿빛을 띠는 그 조막만 한 얼굴은 도경 누나의 말을 듣느라 골똘한 빛을 발했다. 즉, 파란은 나를 보고 있는 게 아니었다. 단지 허공을 응시하고 있는데 그 허공에 내가 불쑥 들어선 것이었다.

어쨌거나 나는 파란과 마주 앉게 되었다. 나는 나를 여기로 데려온 효준과 수찬을 저주해야 할지 그 애들에게 고마워해야 할지 모른 채 시선을 떨궜다.

파란과는 0.1초도 눈을 마주칠 수가 없었다. 그랬다가는 내 심장이 터지고 말 테니까. 중력이 없는 이곳에서 심장이 터지면 어떻게 될까. 핏방울이 사방에 퍼져 둥둥 떠다닐 테지. 모두 그걸 치우느라 분주할 테고. 하지만 한 방울이라도 파란에게 닿아 준다면 나는······.

내가 또 엉뚱한 상상에 빠진 사이, 엘턴과 도경 누나의 문답은 설전이 되어 있었다.

"보미나리를 테라포밍하지 않는다면 여러분은 그곳에서 일주일도 못 가 사망하게 됩니다."

"보미나리에 안 가면 되죠."

"다른 생존 계획이 있습니까?"

"그냥 계속 이렇게 살면 돼요. 세찬미르 안에서. 지금처럼 자원을 계속 재활용하면서요."

"그건 절도입니다."

"이건 우리 집인데요?"

17

엘턴은 고개를 저었다.

"첫째, 세찬미르는 집이 아닌 우주선이고 회사의 자산입니다. 둘째, 도경 혼자 쓰는 것이 아닌 도경의 친구들과 공유하는 자산이며, 셋째, 여러분의 후손이 쓰게 될 자원이기도 합니다."

엘턴의 말이 길어지자 도경 누나 시선이 다시금 삐뚜름하게 돌아갔다. 그러더니 누나는 나무늘보처럼 느릿한 동작으로 어깨를 으쓱했다.

"후손 따위 안 낳으면 되죠. 그리고 우리가 다 죽으면 세찬미르는 지구로 돌아가라고 해요."

"그렇다면 회사가 제공한 여러분의 양육비와 교육비는 어떻게 갚을 계획인가요?"

"뭐든 해서 팔면 되잖아요. 저는 글을 쓰고, 지혁이는 작곡을 하고……."

소월 누나는 영화를 찍고, 보석이 형은 만화를 그리고, 기동이 형은 세팍타크로[2]를 하고, 수찬은 패션쇼를 진행하고, 효준은 그 쇼의 모델이 되고, 여진은 효준의 모습을 십자수로 놓고, 파란은 춤을 추고, 나는 그런 파란을 바라보고……

잠깐, 이게 무슨 바보 같은 생각이야. 나도 뭔가 생산적인 일을

---

2 2~4명의 선수가 등나무 줄기로 엮은 공을 가지고 발을 사용해 하는 경기.

해야지. 안 그러면 '쓸모없는 인간'이라는 딱지를 궁둥이에 붙인 채로 우주선에서 쫓겨날지도 모르는데.

보미나리로 내려가지 않고 이대로 우주를 떠돈다면 나는 뭘 해야 할까. 나는 뭘 잘 하지? 난 만들기를 좋아하는데. 레고로 롤러코스터라도 만들까? 그런데 그런 게 돈이 되나? 설사 그렇다 해도 지구로 배송하면 106년 후에나 도착할 텐데 누가 그걸 사려고 할까? 다 말도 안 되는 짓 같았다. 그때 엘턴이 지적했다.

"그래도 문제는 남아 있습니다. 테라포밍을 거부하는 것, 아이를 낳지 않는 것, 모두 약속을 어기는 행위입니다."

도경 누나의 시선이 비로소 엘턴을 향했다.

"전 그런 약속 한 적 없어요."

"여러분이 태어난 것이 약속입니다."

"태어나게 해 달라고 한 적 없는데요."

"성립되지 않는 말입니다. 태어나기 전에는 그런 말을 할 수가 없으니까요."

격분한 도경 누나가 손에 든 튜브를 구기며 엘턴을 노려봤다. 그러자 튜브 입구에서 누나가 저녁으로 고른 닭고기 카레 한 덩어리가 삐져나와 공중을 맴돌았다. 그걸 보자 나는 괜히 조바심이 들었다. 제발 누가 저것 좀 빨리 치워 줘!

다행히 지혁이 형이 그걸 낚아채서 입에 날름 집어넣었다. 도경 누나의 얼굴이 붉어졌다. 순간 흥분해서 벌인 짓이 민망한 모양이었다.

엘턴은 인류가 쌓아온 질문과 답의 총체였다. 전 인류의 지능을 합친 것보다도 머리가 좋았다. 따라서 그를 이기려 들다가는 싸움을 시작한 자신을 저주하게 된다. 그걸 알면서도 덤비는 도경 누나가 한심했고, 그걸 이용하는 엘턴은 얄미웠다.

"도경, 다른 질문을 해 보겠습니다. 도경은 테라포밍이 비윤리적이라고 주장했습니다. 여러분이 임무를 저버리면 회사에서는 또 다른 아이들을 보낼 겁니다. 그건 어떻게 할 생각입니까?"

"그건……."

도경 누나의 얼굴이 하얘지며 다크서클이 도드라졌다. 뜻밖의 질문을 받고 당황한 것이다. 역시나 테라포밍의 비윤리성을 운운한 건 거의 즉흥적인 생각인데다, 수찬의 말대로 그저 일하기 싫다는 발악임이 틀림없었다.

"구체적으로 생각해 본 적은 없어요. 하지만 설득을 할 거에요."

"지금 나도 설득을 못 하는데 회사와 우주선과 그 안에 탄 아이들을 설득하겠다는 거군요."

"못할 것도 없죠."

도경 누나의 검은 눈동자가 별안간 오기로 빛났다. 문제가 심각해질수록 흥분을 느끼는 사람이니 당연한 일이었다. 반면 엘턴의 표정에는 아무런 변화가 없었다. 그 정도 도발은 예상했다는 듯이.

"가까운 곳에서 시작해 봅시다. 지금 이 안에서 도경의 의견에 동의하는 사람 있습니까?"

"저요!"

지혁이 형이 손을 번쩍 들었다. 설마 소란을 기대한 걸까. 형은 당황했는지, 여전히 고요한 카페테리아를 입을 반쯤 벌리고 둘러보더니 곧 특유의 화사한 웃음을 지어 보였다.

"다들 솔직해지자고!"

형은 벽을 짚고 밀며 친구들에게로 날아갔다. 형을 진지충이라 놀리고 도경 누나를 마녀라고 흉본 그 친구들이었다.

"보석아, 말해 봐. 너도 그랬잖아."

"내가? 내가 뭘?"

보석이 형이 커다란 두 눈을 더욱 크게 떴다. 그러고 있으니 꼭 자기 트림 소리에 놀란 개구리 같았다.

"보미나리에 내려가기 싫다고 했었잖아. 지금 잘 살고 있는데 굳이 왜 가야 하냐고."

"그건……."

보석이 형은 둥그런 눈을 내리뜨고 이쪽저쪽을 곁눈질했다.

"그냥 좀 무서워서……."

"응, 무섭단 말이지."

"아니, 그게 아니라……."

"그러면?"

"그냥 걱정돼서 한 소리야. 개척 중에 사고가 나는 일이 꽤 있으니까……."

"그래, 그러니까 네 말은 테라포밍이 비윤리적이라는 거잖아?"

지혁이 형이 빙그레 웃었다. 보석이 형은 더욱 놀란 얼굴이 됐다.

"난 그런 말 한 적 없어!"

"그게 그 말이지. 사고 나서 죽고 다치는 거, 그게 비윤리적인 거 아냐?"

지혁이 형의 목소리는 끝까지 부드러웠다.

보석이 형은 자기 혀를 삼킨 개구리 같은 얼굴로 친구들을 돌아봤다. 도와달라는 뜻이었지만 친구들은 눈길을 피하거나 머리만 긁적였다. 보석이 형은 엘턴에게로 시선을 던졌다.

엘턴은 은은한 총천연색의 홀로그램으로 빛나고 있었다. 입을 열 생각이 없어 보였다. 혹시라도 보석이 형을 도와줬다가 도경 누나에게서 공정하지 못하다는 소리를 들을까 봐 나서지 않는 것이었다. 엘턴은 그런 평가를 중요하게 여겼다.

보석이 형을 구원한 사람은 기동이 형이었다. 때마침 형이 카페테리아 문을 열고 들어왔다. 형을 따르는 아이들과 함께였다.

"분위기가 왜 이래?"

형은 불곰 같은 외모의 소유자였다. 하지만 그에 어울리지 않는 딸기 향을 강하게 풍기고 있었다. 나는 형을 볼 때마다 꿀 대신 딸기잼을 퍼먹는 근육질의 곰돌이 푸를 상상했다. 실은 형이 딸기 향 비누로 샤워를 하는 것이지만.

기동이 형은 운동 효과를 극대화한다는 이유로 식전에 운동을 하느라 저녁을 늦게 먹었고, 그 전에 샤워까지 일찌감치 마쳤다. 내가 보기에 형은 운동 효과보다는 샤워실을 독차지하면서 아이유의 〈스트로베리 문〉을 마음껏 부르는 데에서 식전 운동의 이유를 찾는 것 같았지만, 어쨌거나 형은 근육들은 그 노력을 배신하지 않아서 소월 누나 못지않은 우람한 뼈대를 자랑했다.

그런데 하키 선수와 철학자의 유전자를 반반 물려받은 덕일까? 기동이 형은 몸싸움은 물론이고 말싸움에서도 지는 법이 없었다. 거기다 형은 싸움의 냄새도 잘 맡았다. 카페테리아에 들어온 지 얼마 지나지 않아 지혁이 형의 눈짓과 손짓으로 사태를 빠르게 파악했다. 자기들끼리 이전에 이 주제에 대해 이야기를 나눈 적이 있는 모양이었다.

기동이 형은 도경 누나가 선수를 친 것이 불만스러운지 누나를 탐탁지 않게 쳐다보다가 도경 누나가 고개를 끄덕이자 엘턴을 향해 말했다.

"항로 조정을 요구합니다. 테라포밍에 대한 합의가 이루어질 때까지요."

뭐라고? 물음표를 몇 개를 붙여도 모자랄 지경이었다. 우리는
불과 며칠 전에 항로 조정을 끝냈다. 오랜 시간 직선에 가깝게 날
아오다가 보미나리의 모항성, 즉 해누리 계에 진입하기 위해 항해
경로의 곡률을 높인 것이다. 그뿐 아니었다. 항로 조정에 맞춰 항
해 속도도 줄였다. 이대로 두 달 정도 가면 우리가 타고 있는 이
우주선 세찬미르는 보미나리의 중력에 이끌려 그 주위를 도는 원
형 궤도에 안착할 것이었다. 그런데 항로를 다시 조정하자니?

"도대체 어디로?"

소월 누나가 모두를 대표해 물었다.

"우주로."

형이 대답했다. 반란의 시작이었다.

*

"반란들 실컷 하시라 그래."

다음 날, 방과 후에 수찬이 게임 룸에서 VR 수트를 입으며 말
했다.

"반란이 밥 먹여 주나, 포인트가 밥 먹여 주지. 안 그래?"

우리는 운동이나 게임을 해서 포인트를 쌓고 그걸로 푸드 프린

터를 이용할 수 있었다. 푸드 프린터는 정말 재미있는 물건이었다. 화면에서 음식 사진을 클릭하면 프린터가 전분과 단백질 파우더 같은 기본 재료에 향신료나 식용색소 같은 부재료를 섞어서 사진과 똑같은 음식을 만들어 줬다.

카페테리아에는 푸드 프린터가 두 대 있었는데 하나는 엘턴이 우리의 식사를 만들 때 쓰는 것이고, 다른 하나는 우리가 마음대로 조작할 수 있는 소형 푸드 프린터였다. 우리는 그걸로 캔디나 핫초코 같은 주전부리를 만들어 먹곤 했다. 먹는 게 남는 거라는 믿음을 가진 수찬에게 푸드 프린터는 일종의 신전이나 마찬가지였다.

수찬은 자기 말에 동의를 바라는 얼굴로 효준과 나를 보고 있었다. 무엇이든 확신을 가지지 못하는 나는 애매하게 고개를 끄덕이며 헬멧을 썼고, 효준은 게임 룸의 거울을 바라보며 흐뭇하게 웃고만 있었다. 수트 입은 자신의 모습을 감상하는 데에 정신이 팔려 수찬의 말을 못 들은 것 같았다.

우리는 신발의 자성을 켜고 무한궤도 발판 위에 올라 가상현실인 '테라크래프트'로 들어갔다. 전자석이 장착된 신발의 자성을 켜면 무중력 공간에서도 발판에 딱 붙어 걸을 수 있었다.

게임의 로딩 화면이 휘리릭 지나가더니 우리가 지은 도시 '트리덴트 시티'가 눈앞에 펼쳐졌다. 보미나리의 지형과 기후를 본떠 만든 이 가상현실에서 우리는 지금까지 갖가지 몹[3]을 피하며 광물을 캐고 농사를 짓고 건물을 지었다.

이 게임에서 몹은 괴물이나 유령 같은 게 아니라 폭풍, 우박, 화산, 지진 같은 자연재해였다. 우린 그걸 제거하는 게 아니라 대비를 했다. 집을 지을 때 내진 설계를 한다든가 강가에 둑을 쌓는다든가 하는 식으로 말이다. 피해를 줄여서 플레이어와 NPC[4]들의 생존율을 높이면 현실에서 쓸 수 있는 포인트를 얻을 수 있었다.

최근에 우리 도시에 나타나는 문제는 싱크홀이었다.

"며칠 후에 폭우가 온다고 돼 있어."

"저번에 발견한 공동을 빨리 처리해야겠는데?"

"그러자. 믹서 트럭 3번가로 대 이동!"

우리는 땅속의 공동을 메우는 한편, 누수가 발생한 상하수도관을 찾아 지도에 표시했다. 이곳의 시간으로 도시를 지은 지 3백년이 넘어가자 도시 곳곳이 낡아가고 있었다.

"아무래도 29호선을 괜히 지었나 봐."

"그러게, 최근에 싱크홀이 너무 자주 생기는데?"

"빨리 보강해야지 뭐."

---

3 게임에서 주인공이 제거해야 하는 움직이는 물체.
4 Non Player Character의 약자로, 게임에서 플레이어의 캐릭터를 제외한 캐릭터를 뜻한다.

"누덕누덕 누더기가 따로 없네."

"이렇게 할 일이 태산인데 누구는 반란이나 하고 있고."

수찬의 말에 효준이 히죽거렸다.

"오랜만에 스칼렛 시티 한번 가 볼까, 우리?"

"아서라, 기동이 형한테 얻어맞기 싫으면."

"반란하느라 바쁘잖아. 요즘 게임 룸에도 잘 안 온다던데?"

예전에 몰래 가본 스칼렛 시티는 마을 중앙 광장에 초대형 딸기 조형물이 있는 딸기 재배지였다. 그때 우리가 거기서 딸기잼으로 장난을 쳐서 기동이 형에게 크게 혼이 났었다.

내가 말릴 새도 없이 수찬과 효준은 스칼렛 시티로 순간 이동했고, 하는 수 없이 나도 그곳 좌표를 찍고 따라갔다.

우리는 입을 다물 수 없었다. 사방을 가득 채운 비닐하우스들이 거인이 짓밟고 지나간 것처럼 처참히 부서져 있었다. 딸기 조형물도 반파되어 삐딱하게 기울어져 있었고, 우리가 딸기잼으로 벽에 그림을 그려 기동이 형을 화나게 했던 잼 공장도 낡아서 쓰러지기 일보 직전이었다.

로그를 확인해 보니 이곳 시간으로 150년 전에 거대한 태풍이 왔었다. 이후 기동이 형은 도시를 복구하려다가 포기한 것 같았다.

"많이 힘들었나 봐."

내가 중얼거리자 수찬도 중얼거렸다.

"그건 모르겠지만, 나 같아도 내 도시가 이 꼴이 돼 버리면 다신 찾아오지 않을 것 같아."

"글쎄, 이건 그냥 방치한 것 같은데."

효준이 멍하게 말했다. 나는 '오지 않음'과 '방치'는 동의어라고 굳이 지적하지 않았다.

우리는 내친 김에 도경 누나와 지혁이 형이 함께 짓는 도시, '하모니 월드'로 향했다. 그곳에서도 우리는 입을 다물 수가 없었다. 두 사람이 몇 년에 걸쳐 완성한 자급자족의 예술 도시가 커다란 넝쿨 식물에 뒤덮여 건물의 흔적을 알아볼 수가 없었던 것이다. 단 하나 알아볼 수 있는 것은 도시 중앙에 우뚝 선 프레디 머큐리 동상이었다. 그마저도 넝쿨에 뒤덮여 삭아가고 있었지만.

로그를 확인해 보니 이곳 시간으로 약 170년 전부터 거대 넝쿨 식물이 도시를 공격해 왔다. 도경 누나와 지혁이 형은 넝쿨 식물의 뿌리를 찾아 제거하려 했지만 얼마 안 가 그만두고 말았다.

"차라리 다 부수고 새로 짓지."

내 말에 수찬이 동의하지 못하겠다는 듯이 "흐음" 하는 소릴 냈다.

"지친 거야. 반복되는 일에 넌더리가 난 거지. 그리고 그 결과는……"

효준이 수찬의 말을 이어받았다.

"반란?"

"설마 겨우 이것 때문에?"

내가 반박하자 수찬이 말했다.

"겨우가 아냐. 보미나리에서도 이런 일이 일어나지 말란 법이 없잖아."

"겁이 난 건가."

"아님 귀찮았던지."

VR 장비를 벗자 등줄기에 돋았던 소름이 빠르게 가라앉았다. 그렇게나 으스스하더니 현실로 돌아오자마자 시답잖은 판타지 영화의 지루한 예고편을 본 듯한 기분밖에 들지가 않았다.

두 도시에서 느낀 서늘함을 금세 잊은 우리는 오늘 트리덴트 시티의 공동을 처리한 대가로 얻은 포인트로 무얼 할까 골몰했다.

"난 호그와트 성 만들어야지."

"그놈의 레고 지겹지도 않냐."

"레고로 할 게 얼마나 많은데. 그러는 넌?"

"난 스팽글 달린 나비넥타이 만들 거야."

수찬의 말에 나는 피식 웃음을 터뜨렸다.

"방송할 때 넥타이 매고 하려고?"

"물론이지. 오늘 보이는 방송이잖아."

"맘대로 해라. 효준이 너는?"

물어보나마나 헤어무스 같은 거겠지만 그래도 물어봤다. 효준은 연극적인 동작으로 입술을 쭉 내밀고 쓰다듬으며 말했다.

"난 립밤. 내 입술은 소중하니까."

우리는 공작실로 몰려갔다. 그곳에서 나는 3D 프린터로 레고 블록들을 찍어 내고, 수찬은 의류제작기로 나비넥타이를 만들고, 효준은 원료배합기를 가동시켜 붉은 색이 도는 딸기 향 립밤을 만들었다.

티셔츠 위에 나비넥타이를 맨 수찬과 빨간 입술을 하고 있는 효준을 보니 웃음이 나왔다.

"반란은 너희가 하는 것 같아."

"뭐래는 거야, 이 모범생 자식."

수찬이 효준의 립밤을 쥐고 내게 달려들었다. 나는 달아나려 했지만 효준에게 붙잡히고 말았다. 수찬이 내 입술에 립밤을 문지르며 웃었다.

"반란군이다!"

립밤은 향긋하고 달콤했다. 우리는 저녁으로 비스킷에 버터와 딸기잼을 발라 먹기로 하고 카페테리아로 향했다. 오늘 우리가 청소 당번이기에 내릴 수 있는 결정이었다. 다른 애들이 당번이었다면 그 애들은 우리가 부스러기를 흘리지 않는지 눈에 불을 켜고 감시할 것이었다. 아니면 다른 걸 먹으라고 하거나.

우리가 등장하자 아이들이 우리 입술을 보고 낄낄거렸다. 우리는 비스킷과 버터와 딸기잼으로 배를 잔뜩 채우고 즐거워졌다. 불과 한 시간 뒤에 무슨 일이 일어날 지도 모르고.

*

"반란이 아냐. 혁명이지."

기동이 형이 남들보다 배는 굵은 엄지와 검지로 비스킷을 단단히 잡고 그 위에 딸기잼 튜브를 조심스레 짰다.

"이 봉기가 세찬미르에서 끝난다고 생각하면 오산이야. 난 이 봉기의 물결을 전 세계, 아니 전 우주로 퍼뜨릴 거야. 그 누구도 우리의 앞날을 결정지을 수 없어."

형이 말을 마치고는 비스킷을 한입에 넣고 우물거렸다. 비스킷을 잘라 먹는 것은 절대로 해서는 안 될 일이었다. 비스킷 조각이 사방에 퍼지면 청소가 힘들어지니까. 거기다 눈에 잘 띄지 않는 부스러기가 기계 속으로 들어가기라도 하면 고장을 일으킬 수도 있었다. 그래서 비스킷은 어린 아이도 한입에 넣을 수 있을 만큼 작았다. 그 작은 비스킷에다 저렇게 커다란 손으로 딸기잼을 바르는 건 꽤나 귀찮고 까다로운 일일 테지만 기동이 형은 딸기잼을 포기하지 않았다.

"내 말이 그 말이야."

소월 누나가 기동이 형에게 다가갔다.

"우리의 앞날은 그 누구도 결정할 수 없어. 기동이 너라 해도 말이지."

나는 소월 누나와 수찬, 효준과 함께 아이들이 식사를 마치고 나간 카페테리아를 청소하고 있었다. 최종 점검은 소월 누나가 하기로 돼 있었다. 선내를 청소하며 그 과정을 관리·감독하고 결과를 점검하는 것은 1기 선배들이 2기 아이들과 팀을 짜서 일주일씩 돌아가며 하는 일이었다. 그런데 소월 누나는 남들이 다 돌아간 늦은 시간에 남아서 밥을 먹는 기동이 형 패거리를 아주 탐탁지 않아 했다.

"너희 때문에 우리가 쉴 시간이 줄어들잖아. 난 오늘 내로 〈대부1〉을 다 봐야 한단 말이야."

"그까짓 거 오늘 보든 내일 보든 무슨 상관이라고."

기동이 형이 손가락에 묻은 딸기잼을 핥으며 웅얼거렸다. 소월 누나의 눈빛이 날카로워졌다.

"네가 뭔데 남의 스케줄을 조정하려 들어? 나 내일부터는 〈대부2〉를 봐야 해. 로버트 드 니로의 메소드 연기를 연구해야 한단 말이야."

"해. 누가 못 하게 하냐? 괜히 짜증이야."

"괜히? 야, 네가 늦게 온 주제에 우릴 잡아 놓고 혁명이니 반란이니 주절대고 있잖아! 그런데 괜히라고?"

기동이 형이 침 범벅이 된 손을 들어 보였다.

"오키도키. 네 시간 안 뺏을 테니 이만 가봐. 내가 마무리 할 테니까. 앞으로 네가 당번인 날은 오늘처럼 하자고."

"싫은데? 넌 운동과 궤변 늘어놓는 것만 빼면 뭐든 대충하잖아. 근데 뭘 한다고? 네가 점검을 엉망으로 해 놓으면 점수가 깎이는 건 나야."

"그 점수는 누가 매기는 거지?"

"몰라서 물어?"

"당연히 알지. 수사학적 질문이었어."

"수사학 같은 소리 하고 있네."

"내 말은, 엘턴에게 그럴 자격이 있느냐는 거야. 엘턴이 AI라서 이런 말을 하는 게 아냐. 엘턴이 회사를 대표한다 해도 마찬가지야. 회사 아니라 부처님, 하느님이라도, 이 세상 누구한테도 사람을 평가할 자격은 없어. 사람은 상품이 아냐. 그 누구도 너와 나를 평가할 수 없다 이 말이야. 테이블에 코딱지만 한 오물이 좀 묻어 있다는 이유로 그러면 안 되는 거라고."

"그게 규칙이야. 규칙은 지키라고 있는 거고."

"한낱 인간이 만든 규칙이 대자연의 법칙을 이길 수 있을 것 같아? 인간은 어딜 가든 흔적을 남겨. 지금 이 공기 중에는 우리의 비듬과 각질과 우리 옷에서 떨어져 나간 섬유가 떠다니고 있지. 물리학 시간에 배운 브라운 운동을 통해서 말이야. 이 입자들을 우린 전부 먼지라고 퉁치지. 말해 봐. 도대체 어느 정도로 먼지를 치워야 말끔하다고 말할 수 있는 거지? 농도가 1000ppm 정도 되면 되나? 아님 500ppm?"

소월 누나는 귀를 막고 싶어 하는 것 같았다. 나는 기동이 형의 말에 빠져들고 말았지만 말이다. 구구절절 옳은 말이었다. 어떤 일이든 기준을 잘 세워야 일이 제대로 돌아가고 다툼도 줄어든다. 특히 나는 건축가 지망생이 아니던가? 땅 위에 건물을 잘 지으려면 측량을 할 때 기준점을 정확히 잡아야 한다.

나는 형이 말한 말끔함의 기준을 공간 속에 남아 있는 비스킷 조각의 개수가 아닌 크기에 적용해 보기로 했다. 직경 2mm는 어떨까. 너무 크다. 1mm도. 그 정도면 눈에 보이니까. 그러면 0.01mm 는 어떨까. 아니, 사실 그게 더 위험하다. 0.01mm의 비스킷 조각이 콘센트에 들어가면 스파크를 일으킬 지도 모른다. 그러면 선내에 불이…….

"헛소리 들어 줄 시간 없으니까. 닥치고 꺼져."

낮게 깐 목소리의 주인공은 소월 누나였다. 내게 한 말인 줄 알고 놀랐지만 누나의 시선은 기동이 형을 향해 있었다.

"난 말했어, 그 누구도 내게 이래라저래라 할 수 없다고. 난 내가 가고 싶을 때 갈 거야."

소월 누나는 말이 없었다. 손에 든 걸레를 기동이 형에게 던질까 말까 고민하는 것 같았다. 누나는 도경 누나 패거리가 항로 조정 어쩌고 한 말들이 전부 개소리 헛소리 콤보라고 생각했다. 그런데 느지막이 나타나 청소 당번인 우리를 늦게까지 붙들어 놓은 기동이 형이 다시금, 그리고 유유자적, 듣기 싫은 소리를 늘어놓고 있으니 분통이 터지는 모양이었다.

누나가 이렇게까지 화가 난 모습을 본 적이 없었던 나는 잔뜩 졸아서 수찬을 돌아봤다. 수찬은 기동이 형을 따르는 애들과 함께 눈동자를 초롱초롱 빛내며 두 선배의 싸움을 관전하고 있었다. 저녁 아홉 시부터 방송하는 〈새 소식 찬찬찬〉에서 떠들어댈 기삿거리를 수집하는 것이었다. 혹시나 해서 그 옆을 보니 효준은 선배들의 다툼에 관심이 없는지 손거울을 들여다보며 윙크를 연습하고 있었다. 한숨이 나왔다. 내가 너한테 뭘 바라겠냐.

내가 그러는 사이에 소월 누나는 환하게 웃는 얼굴로 변해 있었다. 기동이 형의 궤변에 드디어 정신을 놓아 버린 걸까. 반달처럼 휘어진 두 눈이 왕년의 손예진을 떠올리게 했다.

"기동아, 이 말을 들으면 가고 싶어질 지도 모르겠다. 제발 부탁인데, 이만 좀 가 줄래? 나 빨리 점검 마치고 해야 할 일이 있거든. 정말 중요한 일이야. 내 인생을 좌지우지할 정도로. 기동아,

부탁이다, 응?"

기동이 형의 얼굴에 옅은 미소가 떠올랐다. 재미있어 하는 건지 비웃는 건지 헷갈렸다.

"부탁을 빙자한 요구로군. 표현이 달라져도 실체는 변하지 않아. 상대로 하여금 본인이 그 행동을 하기로 스스로 결정했다고 착각하게 만들려는 수작이지. 이건 명령보다도 악질……"

"얘들아?"

소월 누나가 우리 셋을 돌아봤다.

"이제 마무리하자."

더 닦을 곳이란 기동이 형이 벨트를 매고 앉아 있는 테이블뿐이었다. 테이블 위에는 비스킷이 담긴 밀폐용기와 딸기잼 튜브와 음료수 팩 따위가 벨크로로 붙어 있었다. 소월 누나는 자기가 그곳을 닦겠다며 나와 수찬과 효준에게는 아까 이미 닦아서 반질반질한 다른 곳을 닦으라고 했다.

우리는 가슴을 쓸어내리며 각자 맡은 테이블로 날아갔다. 기동이 형 가까이에는 가고 싶지 않았던 것이다. 나는 아까 생각하던 0.01mm의 비스킷 조각을 남김없이 제거하리라는 각오로 테이블을 닦기 시작했다.

"뭐 하는 거야!"

돌아보니 소월 누나가 한 손으로는 기동이 형의 머리채를 쥐고 다른 손으로는 더러운 회색 걸레를 쥔 채 기동이 형의 얼굴을 문지르고 있었다.

"이거 치워!"

기동이 형이 누나의 손을 떼어 내려 했지만 소월 누나는 그걸 가볍게 쳐냈다.

"난 내가 치우고 싶을 때 치울 거야."

기동이 형이 말도 제대로 못 하고 "읍! 읍!" 하는 소리를 내며 소월 누나를 힘껏 밀었지만 누나는 꿈쩍도 하지 않았다. 기동이 형 패거리가 다가가자 누나는 그 애들을 매서운 눈빛으로 막더니 다시금 미소를 머금고 형을 내려다봤다.

"너 왜 이렇게 꼬질꼬질하니? 샤워한 거 맞아? 아님 그냥 인상이 더러운 건가? 알겠다. 열렸다 하면 못된 말만 흘러나오는 이 입이 문제구나."

소월 누나가 걸레로 기동이 형의 입술을 문질렀다. 누나의 말투와 손짓에는 분노가 담겨 있지 않았다. 누나는 즐거워하고 있었다. 기동이 형은 의자의 벨트를 다급히 풀더니 테이블을 박차며 물러났다. 순간 형이 굉장히 작아 보였다.

"너 가만 안 둬! 엘턴한테 이를 거야!"

"좋을 대로. 네 행동을 막을 권리는 아무에게도 없으니까."

소월 누나가 무심한 태도로 진공청소기를 켰다. 청소기 흡입구가 기동이 형을 향했다. 형은 청소기 소음에 묻혀 들리지 않는, 욕이 분명한 말을 구시렁대며 아이들과 함께 카페테리아를 빠져나갔다.

수찬이 환호하며 박수를 치자 효준이 따라서 쳤다. 나는 뒤늦게 박수를 쳤다. 세수는 하루에 두 번만 하도록 되어 있는데 그럼 기동이 형은 아침까지 걸레 냄새를 뒤집어 쓴 채로 자야 하는 건가, 하는 걱정이 들어서였다.

"누나의 승리야!"

수찬이 감탄했지만 소월 누나는 청소기를 끄고 어깨를 축 늘어뜨렸다. 몹시 지친 얼굴이었다.

"근데 왜 난 기분이 좋지가 않을까."

역시. 누나가 보인 미소와 천연덕스러움은 진심이 아니라 연기였던 것이다. 수찬이 사근사근한 성격답게 잽싸게 날아가 청소기를 받아 들었다.

"전투에서는 이겼지만 전쟁은 끝나지 않았으니까."

"진짜 싫다. 쟤들 도대체 왜 저런다니? 여기까지 와서 다 그만두자는 게 말이 돼?"

"사춘기가 늦게 온 거지, 뭐."

"정말로 그런 거라면 좋겠다."

소월 누나는 영화에 나오는 노인처럼 기운 빠진 한숨을 내쉬었다.

"얘들아, 사춘기 얘기가 나와서 말인데, 너희도 지금 이 상황이 맘에 안 드니?"

"안 들지."

"아니 내 말은, 세찬미르에서 태어난 것 말이야. 보미나리로 내려가는 거, 테라포밍하는 거, 다 싫으냐구."

"좋고 싫고 할 게 뭐가 있어? 우리가 이 망망대해에서 할 수 있는 게 또 뭐가 있다고."

수찬의 말에 소월 누나가 나와 효준을 바라봤다. 내가 할 말을 생각하는 사이, 효준이 거울을 보며 머리를 매만졌다.

"나는 빨리 보미나리로 내려갔으면 좋겠어. 거기선 머리가 이렇게 붕붕 뜨지 않을 거 아냐. 무중력은 정말 싫다구."

"노민이 넌?"

소월 누나의 열띤 눈동자가 나를 향했다. 대답을 내놓기가 힘들었다. 생각지도 못한 질문을 받은 탓이었다. 나는 내가 세찬미르 안에서 태어난 게 좋은지 싫은지에 대해서 고민을 해 본 적이 없었다. 보미나리로 내려가는 것과 그곳 환경을 바꾸어 놓는 과업에 대해서도.

우리는 말귀를 알아듣기 전부터 그게 우리의 삶이라는 이야기를 듣고 살아왔다. 그게 아닌 다른 삶에 대해서는 꿈꿔 본 적도 없었다. 다른 말로 하자면, 우리가 꿈꾸는 삶을 살아가려면 보미나리가 필요했다. 우리는 보미나리에 내려가는 것을 전제로 한 꿈을 꾸도록 되어 있었으니까.

다른 애들은 몰라도 나는 그랬다. 나는 더 이상 레고로 도시를 만드는 일에 인생을 바치는 어린애가 아니었다. 철근과 콘크리트와 목재로 진짜 빌딩을 짓고 그 안을 거닐고 싶었다. 그러려면 중력이 작용하는 공간과 단단한 땅이 있어야 했다.

"나도 보미나리로 내려가고 싶어."

빨리 답을 찾은 건 잘한 일이었다. 내 삶이 좋은가 대해서는 조금 더 생각해 봐야겠지만.

나는 우주선에서 태어나고 자랐다. 이 안에서의 삶이 좋은지에 대해서는, 다른 데서 살아 보지 않았기에 비교할 수가 없었다. 그렇다면 눈앞의 현실에 집중해 보자. 그리고 솔직히 말해 보자. 보미나리로 빨리 내려가고 싶다는 건 세찬미르 안에서의 삶이 그리 만족스럽지 않다는 방증일지도 모른다고.

테라포밍에 관해서도 그렇다. 우리는 테라포밍이 좋아서 하려는 게 아니다. 해야 하니까 하는 것이다. 빨리 방으로 돌아가서 게임이나 하며 낄낄대고 싶지만 늦게까지 카페테리아에 남아서 뒷정리를 해야 하는 것처럼, 재밌지는 않지만 지금 하지 않으면 나중에 더 성가신 문제로 돌아오기에 해야만 하는 일이다.

그렇다면 우리와 다른 길을 가겠다는 기동이 형과 도경 누나 같은 사람들을 철부지라고 말할 수 있을까? 나는 감히 아니라고 단언하겠다. 왜냐하면 이 망망대해의 우주를 떠도는 건 위험한 일이니까. 그들은 이 우주선 안에서 해야 하는 절제와 단조로운 생활, 심지어 언제나 도사리고 있는 사고에 대한 위험까지 평생 짊어지겠다고 선언한 거니까.

그들은 단지 다른 꿈을 꾸고 있는 것이다. 그리고 그 꿈을 이루기 위해서는 이 우주선 안에서의 삶이 필요한 것이다. 그런데 문제는, 그들의 삶이 회사와의 계약과 한 몸이라는 사실이었다.

나는 파란을 떠올렸다. 파란은 소월 누나의 질문에 뭐라고 답할까? 내가 파란에 대해 아는 건, 그 애가 춤추기를 좋아한다는 사실뿐이다. 춤추는 사람에게 행성이란 어떤 의미일까? 무대를 지을 수 있는 공간? 두 발을 단단히 디디고 탭댄스를 출 수 있는 공간? 나는 보미나리가 파란에게 그런 공간이기를 바랐다.

*

지혁이 형이 콘서트를 개최했다. 이름 하여 '우정의 항로' 콘서트.

"뭐 이런 괴상한 이름이 다 있지?"

내 말에 수찬이 그럴듯한 해석을 내놓았다.

"기동이 형이 항로를 변경하자고 했잖아. 그 변경된 항로로 다

같이 가자, 이런 거지. '우정은 항로를 타고'라든가, '우리의 우정은 한 길을 간다' 뭐 이런 뜻 아니겠어?"

지혁이 형의 속셈이 빤했지만 가지 않을 수 없었다. 첫째는 심심해서였고, 둘째는 소월 누나가 지혁이 형 패거리들이 뭘 하는지 가서 꼭 봐야 한다고 해서였다. 그리고 셋째는, 파란이 그 콘서트에 나온다고 했기 때문이다.

파란이 평소에 친하게 지내지 않은 도경 누나 편에 섰다는 소식은 정말로 놀라웠다. 실망스럽기까지 했다. 파란에 대한 실망보다는 나 자신에 대한 실망이었다. 역시 나는 사람에 대해 모르는 걸까. 파란이 춤추기를 좋아하니 당연히 보미나리로 내려가기를 원할 거란 생각은 완전히 틀린 것이었다.

콘서트홀로 선택된 카페테리아에는 1기와 2기 아이들이 전부 모여 있었고, 나이에 비해 웃자란 듯 보이는 3기 아이들도 몇몇 와 있었다. 4기 아이들은 보이지 않았다. 다섯 살밖에 안 된 그 애들은 인형으로 분한 엘턴을 옆구리에 하나씩 끼고 잠자리에 들 준비를 하고 있을 터였다.

콘서트는 나쁘지 않았다. 아니, 좋았다. 지혁이 형이 노래 하나는 잘했으니까. 거기다 반주까지 끝내줬다. 보석이 형과 친구들은 지혁이 형에게 설득됐는지 무대에 함께 올라 기타와 베이스와 드럼을 연주했다. 언제 그렇게 연습했는지 손발이 척척 맞았다.

무대 장식은 도경 누나와 친구들이 했다는데 꽤나 멋졌다. '청개구리'라는 밴드 이름이 적힌 형광색 깃발이 발랄하게 나부끼고, '도약하자, 청개구리' 라든가 '네가 가는 곳이 너의 항로' 같은 문구가 어두침침한 카페테리아 속에서 요란하게 번쩍였다.

지혁이 형은 동서고금의 팝송과 가요를 가리지 않고 불렀다. 그 중에서 내가 흠뻑 빠진 노래는 데이식스의 〈좀비〉와 도영의 〈반딧불〉이었다.

그 노래들을 듣고 있으니 정말이지 우리가 영혼을 잃고 회사의 명령대로 움직이는 좀비가 된 것 같은 기분이 들었다. 나는 그런 존재가 아니라고 외치며, 우주 속의 반딧불이 되어 지구에서도 보일 정도로 빛나고 싶었다.

그건 나만 그런 게 아니었다. 아이들 전부 상기된 얼굴로 몸을 흔들고 박수를 쳤다. 카페테리아는 감동과 광란을 촉매 삼아 뜨겁게 들끓는 용광로가 되었다.

"노래 너무 좋다!"

"지혁이 형이 이렇게 잘생겼었나?"

수찬과 효준이 어깨를 들썩이며 외쳤다. 다들 어찌나 흥분했는지 머리 위에서 둥둥 떠다니는 다른 애들이 발로 머리를 차도 신경 쓰지 않았다.

지혁이 형의 노래는 애절했다. 간절하다 못해 심장이 녹아내리게 만들었다. 심지어 소월 누나마저 고개를 까딱이며 노래를 따라 불렀다. 감시하러 온 사람이 저래도 되는 건가. 에라, 모르겠다. 될 대로 되라지. 나는 좀 더 목소리를 높여 형의 노래를 따라 불렀다.

물론 콘서트가 좋기만 한 건 아니었다. 게스트로 초대된 도경 누나가 핑크 플로이드의 〈브리드Breathe〉를 부를 때는 너무 으스스 해서 누나와 사귀는 지혁이 형이 불쌍해 보일 지경이었다. 기동이 형이 〈스트로베리 문〉을 부를 때는 내가 손에 아무것도 들고 있지 않은 것을 진심으로 다행으로 여겼다. 그게 뭐가 됐든 형을 향해 집어던졌을 테니까.

"최악이다!"

"토 나오겠어!"

수찬과 효준도 침을 튀기며 욕을 했다. 그러다 노래 중반에 파란이 등장했다.

파란의 춤은 이 공연의 백미였다. 콘서트의 주인공이 지혁이 형이 아니라 파란이라 해도 반박할 사람은 없을 것이었다.

파란은 분홍색 플라스틱 공들을 공중에 흩뿌린 후 리듬 체조 선수처럼 날렵하고 우아하게 그 속을 유영하며 공을 잡아 아이들에게 던졌다. 아이들은 환호하며 그 공을 다시 파란에게 던졌다.

파란은 은박지를 붙여 만든 듯한 은색 의상을 입고 있었다. 머리카락 또한 뭘 바른 건지 온통 은색이었다. 몸에 딱 붙는 의상은 파란의 유연함을 더욱 돋보이게 했다. 머리카락이 사이키 조명을 반사하며 오색찬란하게 빛났다.

사방에 날아다니는 핑크빛 공들과 은사처럼 광택을 발하며 찰랑이는 파란의 머리카락은 한 편의 몽환적인 풍경화 같았다. 공들은 구름 위로 띄워 올린 홍등, 혹은 은빛 물결 속을 떠다니는 분홍 연꽃 같기도 했다. 정말이지 환상적이었다.

아이들이 공을 잡으려 아우성을 치며 허공에서 뒤엉켰다. 그중에서도 나는 필사적이었다. 하지만 나는 느렸고 힘도 약했다. 사방에서 치고 들어오는 팔꿈치와 무릎을 피해 드디어 공을 하나 잡았는데 마침 음악이 끝났다. 파란에게 공을 되돌려 줄 기회를 빼앗긴 나는 울고 싶은 심정이 되었다.

"여러분, 이 항로의 끝에 무엇이 있을지는 아무도 모릅니다. 하지만 그게 보미나리는 아니에요. 우리는 의식 없는 좀비도 아니고 거대한 기계의 부속품도 아닙니다. 우리는 우리의 길을 개척할 권리가 있습니다. 우리의 의사와 관계없이 주어진 이 과업을 거부할 수 있습니다. 우리와 함께 우주 끝까지 날고 싶은 분들은 동의서에 서명을 해 주세요."

지혁이 형의 말이 끝나자마자 모두의 주머니 속에 든 스마트패드가 띠링띠링 울렸다. 열어 보니 '항로 변경 요구를 위한 동의서'라는 메일이 와 있었다. 공연이 끝날 때쯤 전송이 되도록 예약을 걸어 놓은 모양이었다.

"공은 재생기에 넣어 주시고 동의서는 작성해서 회신해 주시면 됩니다. 시간이 늦어질수록 항로 변경이 힘들어지니 일주일 뒤에 마감하겠습니다. 그동안 충분히 생각해 보세요."

지혁이 형의 말이 끝나기가 무섭게 많은 아이들이 동의서에 서명해 회신했다. 띠링띠링. 끝도 없는 알림이 지혁이 형의 스마트패드에서 울렸다. 어떤 아이들은 조금 망설이다 서명을 했다. 띠링띠링. 어떤 아이들은 머리를 긁적대다 메일에 별표를 달았다.

수찬과 효준과 나는 화면을 그저 내려다보고만 있었다. 항로 변경은 있을 수 없는 일이라는 생각과 조금 전 공연을 보며 느낀 자유에 대한 갈망이 충돌하며 우리의 손가락을 묶어 놓은 것이다. 흥분해서 뜨거워진 머리가 차갑게 식는 기분이었다. 그때 소월 누나가 우렁차게 외쳤다.

"반대서는 없나요?"

누나의 말은 항로 변경을 반대하는 나에게조차 공허하게 들렸다. 청개구리 밴드의 입장에서는 다 된 밥에 재채기라도 해 보겠다는 처량하고 고약한 심산으로 보일 테고 말이다. 동의서에 서명한 아이들이 과반수가 확실한 상황에서 반대서를 찾다니.

나는 누나를 사랑하지만 이렇게 뻔뻔스러운 모습의 누나는 내 얼굴을 붉어지게 만든다. 다행인지 불행인지 청개구리 밴드 멤버들은 소월 누나의 말을 듣지 못했다. 소월 누나는 꿋꿋하지만 폭격 맞은 자유의 여신상 같은 기운 빠지는 포즈로 스마트패드를 들어 올리더니 지혁이 형이 보낸 메일을 보란 듯이 삭제했다.

"뭔가를 해야 해. 그게 뭐든 해야 한다구!"

소월 누나가 우리 셋을 끌고 카페테리아를 빠져나오며 중얼거렸다.

"1승 1패. 원점으로 돌아왔네. 아냐. 지난번은 전초전에 불과했어. 우린 초장부터 대패한 거야."

수찬이 눈을 가늘게 뜨고 웅얼댔다. 효준은 속으로는 아무 생각도 없으면서 겉으로는 고민하는 척 흠, 흠, 소릴 냈다.

내 머릿속은 파란으로 가득했다. 낭창낭창한 몸짓으로 허공을 도는 파란, 은발을 휘날리는 파란, 다른 차원에서 날아온 요정 같은 파란, 보미나리로 내려가기를 거부하는 파란.

파란은 영원히 이 우주를 질주하기를 원한다. 땅에 발을 디디고 싶어 하지 않는다. 하긴 요정은 그런 존재다. 인간 세상에는 그저 잠깐 볼일이 있어 현신할 뿐.

나는 어떡해야 할까? 파란의 손을 잡고, 그렇지 못하더라도 그 애와 어깨를 나란히 하고 보미나리로 내려가고 싶었는데. 내가 지은 극장의 문을 열고 파란이 들어가는 모습을 보고, "이게 노민이가 설계한 곳이란 말이지?" 하는 감탄의 말을 듣고, 그 무대 위에서 그 애가 춤추는 모습을 보고 싶었는데.

나는 갈림길에 서 있었다. 왼쪽 길은 파란와 함께 우주를 날며 레고로 도시 모형을 짓고 또 짓고, 늙어 죽을 때까지 지어대는 미래로 이어졌다. 반면 오른쪽 길은 파란이 없는 보미나리를 내가 설계한 건물들로 뒤덮는 미래로 이어졌다.

왼쪽으로 가면 나는 파란의 찬사를 들을 것이다. "너 정말 레고 잘 만드는구나" 같은 감미로우면서도 씁쓸한 말을. 그럼 나는 속으로, 사실은 레고만 잘 만드는 게 아니라는 넋두리를 하겠지.

오른쪽 길로 가면 어떻게 될까. 나는 만인에게서 칭송을 듣게 될지도 모르지만, 그게 그다지 기쁘지는 않을 것이다. 그 만인은 실은 만인이 아니니까. 파란은 내게 이 우주 속에서 살아 숨 쉬는 몇백 억 명보다도 더 큰 존재다. 그 애를 잃는다면 나는 그야말로 영혼 없이 일상을 흘려보내는 좀비가 될 것이다.

어느 길로 가야 할까? 파란을 포기해야 할까, 보미나리를 포기해야 할까? 내 영혼과 땅, 그 둘 중에 무엇을 선택해야 할까? 영혼, 그리고 땅. 땅과 영혼.

한숨만 나왔다. 그 둘이 왜 대척되는 존재가 되어야 할까. 땅도 파란만큼 내게 큰 의미가 있는 건데…….

"땅 없는 사나이는 사나이도 아니다. 땅은 사나이의 영혼이야."

나도 모르게 중얼거리자 소월 누나가 물었다.

"뭐라고?"

"아니, 그게……."

"그래, 그거야!"

"뭐가?"

"〈파 앤드 어웨이Far and away〉!"

〈파 앤드 어웨이〉는 서부 개척 시대의 미국을 배경으로 한 오래된 헐리웃 영화였다. 언젠가 소월 누나의 방에서 본 적이 있었다. 그리고 내가 말한 두 문장은 영화의 주인공인 조셉이 아버지에게 들은 유언이었다.

조셉의 아버지는 지주에게 반항하다 목숨을 잃는다. 조셉은 아버지의 복수를 위해 지주를 찾아간다. 거기서 그는 자유를 갈망하는 지주의 딸 섀넌을 만나는 한편, 복수에 실패한다. 조셉은 섀넌에게 설득당해 그녀와 함께 미국으로 간다. 미국이 땅을 공짜로 준다는 얘기 때문이었다. 그곳으로 가서 그들은 갖은 고생을 하고 온갖 위기와 이별을 겪지만 결국엔 땅도 얻고 사랑도 이룬다.

"노민이 넌 천재야!"

소월 누나는 나를 꼭 끌어안고 내 볼에 입을 맞추더니 빠르게 사라졌다. 나는 황당하다는 듯이 수찬과 효준을 돌아봤다. 수찬은 골똘히 생각하는 얼굴이었고 효준은 나처럼 영문을 모르겠다는 표정을 하고 있었다. 둘 다 누나가 내게 저럴 때마다 나를 보던 그

한심해하는 눈빛이 아니었다.

수찬과 효준은 나를 '시스터 보이'라고 생각했다. 우리의 목소리가 도널드 덕처럼 괴상해지던 날부터 그렇게 놀렸고, 나는 그 둘이 나를 질투하는 거라고 믿었다. 하지만 오늘은 조롱도 질투도 들어설 자리가 없었다.

"노민이 넌 천재야!"

수찬이 똑같은 말을 남기고 휙 돌아 누나를 따라갔다. 효준과 나는 서로를 멀뚱히 마주 보다가 그 둘을 따라갔다.

*

소월 누나가 고안한 것은 한마디로 땅따먹기 게임이었다.

「우리는 우리가 살고 싶은 땅을 고를 수 있어요.」

스마트패드의 화면 속에서 소월 누나가 운을 띄웠다.

「비록 법적으로는 그 누구도 보미나리의 땅을 소유할 수가 없지만요. 하지만 아시죠? 개척자와 그 가족들에게는 개척 노동에 대한 대가로 사용 기한에 제한이 없는 영구 토지 이용권이 주어지는 거! 회사는 땅을 무작위로 골라서 해당 토지의 이용권을 우리에게 나눠줄 예정이라는 것도 잘 알 거예요. 저는 이 부분에서 무작위가 아닌 새로운 시스템, 즉 게임을 제안했습니다. 그리고 엘턴이 검토한 끝에 법적으로 문제가 없다는 결론을 내렸어요.」

누나는 여기서 잠시 끊어 가며 사람들의 기대감을 모았다.

「게임의 이름은 랜드 러시land rush! 이 게임에 참여하는 사람은 원하는 토지의 이용권을 차지할 수 있는 권리가 주어집니다. 게임 방법은 아직 정해지지 않았어요. 우리는 보미나리에 도착한 후 두 발로 그곳을 달리며 원하는 땅을 고를 수도 있고, 게임 개발에 소질이 있는 친구들이 온라인 게임을 개발해 땅을 선택할 수도 있습니다. 아니면 그냥 지도 위에 다트를 던질 수도 있고요.」

영화 〈파 앤드 어웨이〉에서 오클라호마 정부는 광활한 황무지를 여러 구역으로 나눠 깃발을 꽂고 달리기 시합을 열어 사람들에게 땅을 나눠 주기로 한다. 사람들은 한날한시에 출발선에 모여 말과 마차를 타고 기다린다. 출발 신호가 울리자 모두가 미친 듯이 달려 나간다. 그러다 정부가 꽂아 놓은 깃발 중 하나를 뽑고 그 자리에 자신의 깃발을 꽂으면 그 땅은 자신의 땅이 된다. 한마디로 먼저 줍는 놈이 임자가 되는 게임이다. 물론 정부가 단속을 하지만, 그 과정에서 폭행과 살인, 속임수가 벌어지는 걸 다 막을 수는 없다.

영화에서 조셉은 제대로 된 말을 구할 돈이 없어 야생마를 타고 달린다. 그 과정에서 말 때문에 애를 먹기도 하고 경쟁자들과 싸움이 벌어져 다치고 죽을 뻔도 하지만 끝내 어느 땅 위에 자신의 깃발을 꽂는다. 그토록 소원하던 자신의 땅을 갖게 되는 것이다. 소월 누나는 우리에게 그 게임을 시키려는 거였다.

「참가자 신청과 게임 방법 제안을 동시에 받습니다. 좋은 아이디어가 있다면 게임 방법을 제안해 주세요! 그리고 맘에 드는 방법에 투표를 해 주시면 됩니다! 제안을 독려하기 위해, 가장 많은 표를 받는 사람에게는 특별 보너스가 주어질 거예요. 바로바로, 카페테리아 청소 일주일 면제입니다. 기발한 아이디어 마구마구 내 주세요. 기대할게요!」

온몸이 전율했다. 내가 살 곳을 내 손으로 고른다니. 그것도 내가 제안한 방법으로!

파란에 대한 생각만 아니었다면 환호성을 질렀을지도 모른다. 그런 다음 산을 고를지 바닷가를 고를지 대평원을 고를지 고민했겠지.

파란도 소월 누나의 메일을 봤을까? 물론 봤을 거다. 메일은 '세찬미르 역사 상 최고로 군침 도는 게임. 〈랜드 러시〉 론칭 임박!' 이라는 유혹적인 제목을 달고 있었고, 그런 제목의 메일을 클릭하지 않을 사람은 없을 테니까.

파란은 지금 무슨 생각을 하고 있을까? 누가 답을 알려 준다면 머리털이 다 뽑혀도 좋을 만큼 궁금한 한편 가슴이 뛰었다. 파란과 함께 우주로 떠나는 선택지는 그새 희미해진 것 같았다. 땅에 대한 욕심이 내 마음에 성큼 들어선 까닭이었다.

소월 누나에게 감탄한 건 그때였다. 총명하다는 말은 누나에게 딱 어울리는 말이었다. 사람의 마음을 이렇게 움직일 줄 알다니.

누나는 인간이라면 누구나 가지고 있는 탐욕을 제대로 건드렸다. 이제 아이들은 게임에 참가하고 싶어 안달이 날 거고, 게임에서 지더라도 자신의 손에 토지 이용권이 떨어진다는 사실을 새삼스레 되새기게 될 것이었다. 비록 그 땅이 내가 원한 땅이 아니라도 말이다.

아이들이 깨닫게 될 것은 또 있었다. 테라포밍의 비윤리성과 우리가 회사와 맺은 계약의 불합리성에 맞서서 우주를 떠돌아 봤자 남는 게 없다는 것이다.

잠깐, 그렇지 않다고? 거대 조직의 탄압에 맞서 싸웠다는 정의감이 있지 않겠느냐고? 하지만 정말로 그것 말고 남는 게 뭐가 있을까. 한순간 뿌듯했던 감정 하나만으로 이 광활하고 고독한 우주를 주인 잃은 개처럼 떠돌 수 있을까?

그런 식으로 살면서 늙어간다는 것은 어쩌면 사치이고, 따라서 환상일지도 모른다. 늙기 전에 우울증에 먼저 걸려 죽을 확률이 더 높으니까. 어쩌면 우주선이 고장 나서 굶어 죽거나 얼어 죽거나 질식해 죽을 지도 모르고 말이다.

*

수업 시간이 되어 교실로 갔다. 예상대로 아이들은 랜드 러시에 대한 이야기로 잔뜩 흥분해 있었다. 그중에서도 가장 목소리가 큰 사람은 수찬이었다.

"달리기나 다트 던지기는 안 돼. 노민이처럼 둔한 애들은 불리하니까."

"왜 노민이를 들먹여? 운동 못하는 건 너도 마찬가진데."

누군가의 말에 아이들이 웃음을 터뜨렸다. 수찬이 말했다.

"그렇다면, 뭐니 뭐니 해도 역시 시험이 낫지 않겠어? 미리 준비할 수가 있잖아."

"야, 그건 재미가 없잖아."

"그러니까. 머리 나쁜 애들은 어떡하라고."

아이들 말에 수찬이 심술궂게 웃었다.

"너 지금 네가 머리 나쁜 거 인정하는 거지?"

아이들이 박장대소했다. 그때 효준이 손에 들고 있던 거울을 내려놓으며 말했다.

"그럼 이건 어때? 구역마다 번호를 매긴 다음 제비뽑기를 하는 거야."

"그거 좋다! 확률은 누구에게나 공평하니까!"

"진짜! 완전 스릴 넘치는데!"

효준을 좋아하는 여자아이들이 호들갑을 떨었다. 반면 남자애들은 야유했다.

"스릴은 무슨! 나는 달리기에 한 표!"

"나는 다트 던지기!"

아이들은 시간 가는 줄도 모르고 시끌벅적 떠들었다. 조용한 사람은 나뿐이었다. 그 말은 파란도 애들과 함께 웃고 있었다는 뜻이다. 나는 그런 파란을 초조한 마음으로 바라보고 있었고.

파란은 게임에 뛰어들기로 한 걸까? 자신이 춤 출 땅을 직접 고르고 싶어진 걸까? 그 무대를 내가 지어 준다고 하면 어떤 얼굴이 될까? 이제 내 가슴은 게임에 대한 흥분에 파란에 대한 희망이 한 스푼 더해져 마구 두근거리고 있었다.

수업 시작을 알리는 종이 울렸다. 엘턴이 수업 때마다 입기를 고집하는, 셔츠 위에 카디건을 걸친 단정하면서도 편안한 모습으로 등장했다. 아이들은 여전히 키득거리고 소곤대며 쉽게 흥분을 가라앉히지 못했다.

"무슨 이야기 중이었나요? 그것부터 해결하고 수업을 해야겠군요."

엘턴이 묻자 효준이 미소를 머금고 상체를 일으켰다. 여자아이들의 반짝이는 시선이 효준을 향했다.

"궁금한 게 있는데요. 랜드 러시를 하게 되면, 우리 가족들이 받게 될 토지 이용권도 우리가 따내는 건가요?"

"그건 안 됩니다. 선택권은 토지 이용권자 본인에게만 있습니다. 여러분의 가족은 훗날 이곳에 도착한 뒤에 회사에서 무작위로 배정한 땅을 받게 될 것입니다."

이번엔 수찬이 손을 들었다.

"그럼 우리가 보미나리에 내려가지 않으면 어떻게 되나요? 가족들은 토지 이용권을 얻지 못하게 되나요?"

"물론입니다. 그건 개척 노동에 대한 대가로 주어지는 것이니까요."

아니, 이 짜 맞춘 듯한 질문과 대답은 도대체 다 뭐지? 나는 자라처럼 목이 오그라드는 것을 느꼈다. 수찬과 효준의 친구라는 게 오늘따라 자랑스럽지가 않았다. 엘턴과 소월 누나의 용의주도함에 약간은 소름도 돋았다.

어쨌거나 효준과 수찬과 엘턴의 문답은 교실의 소란을 가라앉히기에 충분했다. 이제 아이들은 도경 누나 편에 서는 것이 얼마나 심각한 일인지를 알게 된 것이다. 그건 바로 우리가 게임에 참여하지 않으면 회사에 정자와 난자를 제공한 우리의 가족들까지 토지 이용권을 잃게 된다는 사실이었다.

"그럼 이제 수업을 시작합시다. 오늘은 공유지의 비극을 해결하는 방법에 대해 알아볼 차례죠?"

*

이른 오후, 우리는 체력단련실로 향했다. 그곳은 털이 듬성듬성한 롤 브러쉬처럼 생긴 우주선의 끄트머리에 일직선으로 연결된 원통형의 모듈이었다. 그 모듈이 원통의 가운데 축을 중심으로 일정한 속도로 자전하며 원통의 안쪽 벽면에서 원심력으로 인한 인공 중력이 발생하도록 되어 있었다. 그러니까 우리는 그 벽면을 바닥처럼 디디고 걷는 것이었다.

나는 늘 생각했다. 그냥 선체 자체가 회전하면 얼마나 좋았을까? 그럼 우리는 이미 중력에 익숙해진 몸으로 보미나리에 내려가게 될 테고, 그 힘들다는 중력 적응 훈련을 하지 않아도 됐을 텐데. 하지만 회사에서는 우주선 제작 비용과 연료 사용량을 줄이기 위해 선체 대부분을 무중력 상태로 유지한 채 이곳만 중력이 작용하도록 해 놓았다. 회사가 치러야 할 비용을 우리가 대신 치르는 셈이었다.

그것에 대해 소월 누나는 다르게 생각한다고 말했었다. 어릴 적에 우리가 체력단련실에 가기 싫다고 칭얼댔을 때였다.

"너희가 얼마나 힘든지 알아. 나도 너무 힘든걸. 하지만 이렇게 생각해 봐. 우리는 지구에서 태어난 아이들이 좁은 산도를 빠져나오며 느끼는 그 고통을 겪지 않았어. 인공 배양기에서 태어난 덕분에. 그러니 다시 한 번 고통스럽게 태어나는 과정이라고 생각하면 어떨까. 모두에게 공평한 거지."

우리는 누나의 말이 너무 감상적이라고 생각했지만 그렇다고 딱히 틀렸다고 생각지도 않았다. 덕분에 체력단련실 앞에서 칭얼대던 말은 이제 속으로만 하게 되었다. 소월 누나는 오늘도 같은 얘기로 3, 4기 아이들을 달랬고, 아이들은 표면적으로나마 투정을 멈췄다.

우리가 1기 선배들의 지휘 아래 2열 종대를 갖추며 대기하는 동안 체력단련실로 향하는 해치5가 열렸다. 우리는 체력단련실 모듈의 중심을 관통하는 기다란 통로를 꼬리에 꼬리를 물고 천천히 날아갔다. 원통의 중심축에는 중력이 없었고, 원통 안쪽 표면과 직각으로 연결된 통로에 들어서면 그때부터 중력이 발생했다. 통로 벽면에는 현재 위치의 중력이 표시됐고 앞으로 이동할수록 0.1G, 0.2G, 0.3G으로 중력값이 높아졌다.

우리는 우리의 몸을 끌어당기는 힘에 대비해 벽에 붙은 사다리를 잡고 천천히 이동했다. 그러지 않으면 체력단련실 쪽으로 속절

---

5 실내의 벽면과 칸막이로 만들어진 입구.

없이 끌려가 추락하는 끔찍한 일이 벌어질 테니까.

처음에는 사다리를 핸드레일처럼 잡고 뒤로 밀면서 그 반동으로 앞으로 나아가는 식으로 이동했고, 그러다 중력이 강하게 느껴지면서부터는 다리를 아래로 내려 사다리를 밟고 내려갔다. 그렇게 내려가는 과정은 그 자체가 운동이고 훈련이었다. 중력이 거대한 자석처럼 우리를 끌어당겼고, 그 자석으로 끌려가 충돌하지 않도록 사지에 힘을 다해 버텨야 했으니까. 그러다 체력단련실에 도착하면 더욱 혹독한 시간이 우리를 기다리고 있었다.

스무 시간이 넘도록 무중력에서 생활하다 중력을 맞닥뜨리면, 몸이 내 것이 아닌 것처럼 무거웠고 조그만 아령을 드는 간단한 동작조차 엄청난 힘이 들었다. 그래서 이 시간이 다가오면 다들 어린애처럼 칭얼거리는 거였다. 아, 그 '다들'에서 기동이 형은 빼야 한다. 형은 중력장에서 하는 운동을 좋아했다. 수업이 다 끝나면 아이들을 이끌고 다시 이곳에 내려올 정도로 말이다. 그런 사람이 왜 보미나리로 내려가지 않겠다고 하는지는 도무지 알 수가 없었다.

체력단련실은 보미나리의 중력과 같은 0.9G를 유지하고 있었다. 이곳에서는 한 걸음 한 걸음 걷는 것이 쉽지 않았다. 벽에 붙어 있는 핸드레일들과 바닥 곳곳에 박아 놓은 발레 바가 없으면 우리는 거북처럼 엉금엉금 기어다닐지도 몰랐다.

나는 여느 때처럼 트레드밀 위로 올라갔다. 제일 만만한 게 그거였다. 우선 그 위에서 한숨을 돌렸다. 바로 운동을 시작하기에는 여기까지 오는 과정 자체가 너무 힘들었기 때문이다. 나는 수찬과 효준처럼 역기를 들거나 기동이 형처럼 인조 잔디 위에서 공을 차는 일은 상상도 할 수 없었다. 그런 짓을 했다가는 밤새 끙끙 앓을 게 분명했다.

잠시 후, 마음을 단단히 먹고 제일 낮은 속도로 트레드밀을 작동시켰다. 손잡이에 매달리다시피 한 채로 조심스럽게 다리를 움직였다. 거대한 힘이 나를 아래로 잡아당기는 것을 느끼면서. 그러고 겨우 10분이나 지났을까. 온몸이 땀으로 흠뻑 젖었다. 근육이란 근육이 전부 팽팽히 조여 왔다. 허리와 팔다리의 모든 세포가 고통으로 울부짖는 것만 같았다.

매일 해야 하는 훈련은 두 시간, 영원과도 같은 시간이었다. 트레드밀에 달린 모니터를 켜고 영화를 봤다. 시계에는 시선을 주지 않으려 애썼다. 나는 중력에 익숙해져야 했다. 내가 설계한 도시를 내 두 다리로 걷고 싶었으니까.

체력단련실의 반대편, 즉 우리 정수리 방향의 벽면으로 가면 수영장이 있었다. 물을 좋아하는 아이들은 모듈 중심 통로에서 반대쪽 사다리를 타고 그쪽으로 갔다. 그중 하나가 파란이었다.

나도 한때는 수영을 해 보려 했다. 순전히 파란 때문이었다. 하지만 딱 한 번 해 보고는 깨끗이 포기했다. 물속에서 느껴지는, 중력과 무중력을 뒤섞어 놓은 듯한 어정쩡하고 이상한 감각을 견딜 수가 없었다. 조금만 방심하면 몸이 풀장 한쪽으로 흘러가 다른 아이들과 부딪히는 것도 성가셨다. 체력단련실과 수영장이 회전함으로써 일어나는 코리올리 효과[6] 때문이었다.

코리올리 효과는 내가 체력단련실에서 트레드밀에 만족하는 이유가 되기도 했다. 원통이 회전하는 까닭에, 원통 밖에서 볼 때는 직선으로 이동하는 물체가 원통에 붙어 있는 우리에게는 곡선으로 이동하는 것처럼 보이는 것이었다. 역기, 공, 사람 전부 그랬다.

나는 사물의 이동 경로가 어느 방향으로 휘는지는 알았지만 내가 거기에 가한 힘에 따라 그것들이 얼마나 움직이는지는 예측하지 못해 애를 먹었다. 그래서 공은 엉뚱한 곳으로 날아가고, 역기는 내가 역기를 드는 게 아니라 역기가 나를 휘두르는 모양새가 되고, 트랙이라도 달려 보려 하면 술 취한 사람처럼 비틀거리다 결국엔 고꾸라지곤 했다.

나처럼 약해 빠진 애들은 이곳보다 훨씬 큰 회전체가 필요했다. 너무나 커서 일상생활에서 코리올리 효과를 거의 느낄 수 없는 곳

---

6 회전체의 표면 위에서 운동하는 물체에 대하여 운동 속도 방향에 수직으로 작용하는 가상의 힘. 전향력轉向力이라고도 한다.

말이다. 그건 바로, 보미나리였다.

*

운동이 끝나고 샤워실로 몰려가 씻었다. 다들 운동하기는 싫어도 샤워는 좋아했다. 그건 나도 그랬다. 한 번은 트레드밀에서 발목을 삐어서 체력단련실에 며칠 못 온 적이 있었다. 무중력에서는 물로 씻을 수가 없어서 나는 발목이 다 나을 때까지 무중력 용 비누로 몸을 닦아야 했다. 그때 얼마나 찝찝했는지. 흠, 그러고 보면 기동이 형은 샤워하는 게 좋아서 여길 하루에 두 번이나 내려오는 건지도 몰랐다.

샤워를 마친 후, 오후 수업 시간이 되어 교실로 돌아갔다. 아이들은 다시금 랜드 러시를 입에 올리며 소란스러워졌다. 수업 중에 다들 게임 방식만 생각했는지 너도나도 내놓은 아이디어가 어마어마했다.

소월 누나가 환한 얼굴로 교실을 찾아왔다.

"분위기 좋네! 1기랑 3기도 마찬가지야."

소월 누나가 1기와 3기 교실에서 받아 온 게임 방식 목록을 수찬에게 메일로 보냈다. 우리 2기 교실에서 나온 것과 합치니 게임 참가자 수는 127명. 1, 2, 3기 인원을 다 합친 150명의 절반을 훨씬 넘긴 수였다. 접수된 게임 방식은 무려 59개나 됐다. 우리가, 아니 소월 누나가 이겼다. 누나는 지혁이 형의 '우정의 항로' 콘서트에서 느낀 패배감을 완전히 떨친 모습이었다.

"이제 항로 변경 어쩌고 하는 소리는 쏙 들어갈걸?"

아이들이 교실을 빠져나가고 청소 당번들이 남아 교실을 청소했다. 그동안 나는 수찬이 온라인 투표 프로그램 만드는 걸 효준과 함께 기다렸다. 마침내 수찬이 스마트패드를 집어넣으며 히죽 웃었다.

"공지 띄웠어. 밥 먹기 전에 테라크래프트나 좀 하러 가자."

우리는 게임 룸으로 가서 VR 장비를 장착하고 신발에 자성을 켰다. 오늘은 포스트 테라포밍이 아닌 프리 테라포밍 모드로 하기로 했다. 최근 들어 싱크홀을 복구하느라 다른 일을 못 했더니 게임이 지겨워진 참이었다.

프리 테라포밍 모드에서는 보미나리를 사람이 살 수 있는 환경으로 만드는 동시에 자연재해까지 이겨내야 했기에 좀 더 성취감도 있고 스릴도 넘쳤다.

"아니 이게 뭐야, 보미나리가 눈덩이가 돼 버렸잖아."

"뭐지? 아, 남조류가 폭주했구나."

"산소 농도가 급격히 상승했어."

"바닷물 좀 봐. 시뻘게."

우리는 혜성을 두어 개 충돌시켜 활성 산소를 발생시키는 방법으로 산소 농도를 떨어뜨렸다.

"남극에 에어로졸 덮는 건 이게 해결되면 해야겠다."

"그러자. 그럼 지금 할 수 있는 건 이게 다인가?"

"광물 지도나 마저 완성하지 뭐."

우리는 탐사용 장비를 차에 싣고 돌아다니며 주변을 탐사했다. 산업용으로 유용한 희귀 광물을 찾아낼수록 보상이 높았다. 우리의 시야 가장자리에는 성층권의 오존층 두께와 공기 중의 산소와 이산화탄소 농도가 실시간으로 표시됐다. 다행히 모든 것이 표준 수치로 돌아가고 있었다.

게임 시간이 끝나 VR 장비를 벗고 신발의 자성을 껐다. 적잖은 피로가 느껴졌지만 포인트가 많이 쌓여서 기분은 좋았다. 우리는 공작실로 향하며 재잘재잘 떠들었다.

"난 에펠탑 만들어야지."

에펠탑은 〈탑의 전쟁〉이라는 다큐멘터리에서 본, 내 마음을 빼앗은 건축물이었다. 피스 수가 만 개가 넘었지만 그 숫자에 주눅 들 내가 아니었다.

"난 마이크 장식."

수찬이 인트라넷에서 발견했다는 마이크 사진을 스마트패드로 보여 줬다. 찰리 채플린이 마이크에 매달려 윙크하는 사진이었다.

"머리가 마이크에 붙어 있네?"

"그렇지."

"멋지다. 찰리 채플린이 네 입 냄새 제대로 맡겠어."

"침을 잔뜩 튀겨줘야지. 효준 너는?"

"난 염색할 거야."

효준은 붉은 색으로 염색할 거라고 했다. 딸기 색 입술과 잘 어울리도록.

우리는 사이좋게 어깨동무를 하고 공작실로 들어갔다. 만족스러운 하루였다. 즐거운 일이 아직 남아 있다는 사실에 더욱 그랬다. 저녁 시간이 기다려졌다.

*

저녁 여섯 시. 우리는 공작실을 나와 카페테리아로 갔다. 저녁 식사를 앞둔 그곳은 평소보다 훨씬 소란스러웠다. 다들 투표 결과를 예상하느라 신이 나 있었던 것이다. 그래서 오늘 저녁이 2주일에 한 번씩 주어지는 특별식인 햄버거라는 사실도 모두 잊은 듯했다. 푸드 프린터에서 빵과 패티가 철컥대며 튀어나왔지만 아이들이 몰려간 곳은 푸드 프린터가 아니라 수찬의 옆이었다.

"투표 결과 나왔어?"

"공지를 보세요. 〈새 소식 찬찬찬〉 공개 방송은 일곱 시에 시작됩니다."

"결과 나왔으면 그냥 해."

"안 돼. 아직 투표 안 한 사람이 있단 말이야."

"아직도?"

"그게 도대체 누군데?"

수찬의 눈길이 어딘가를 향했다. 도경 누나, 지혁이 형, 파란이 앉아 있는 테이블이었다. 가슴이 덜컥 내려앉았다. 파란이 아직도 투표를 안 했다고? 설마, 가장 재미있을 것 같은 방법을 고르느라 그러는 거겠지? 제발 그렇기를 바랐다.

"일곱 시 발표야. 그러니 다들 저녁부터 먹으라구."

수찬의 말에 아이들이 투덜대면서도 들뜬 얼굴로 흩어졌다.

오늘 식사 준비를 담당한 아이들이 양상추가 담긴 바구니를 들고 카페테리아로 들어왔다. 채소는 푸드 프린터로 합성할 수가 없어서 업무 모듈 한쪽에 마련된 스마트팜에서 수경 재배를 하고 있었다.

나는 채소들을 볼 때마다 묘한 기분을 느꼈다. 채소들은 우리처럼 씨앗의 상태로 동결되어 이곳까지 날아왔다. 우리가 태어난 후에야 이 채소들은 움트고 자라기 시작했다. 채소들은 우리와 기나긴 동면을 함께한 동료이자 이 망막한 우주에서 함께 태어난 동기였다. 하지만 우리는 그들을 먹는다. 나는 햄버거와 샐러드를 먹을 때마다 동족상잔을 하고 있다는 참담한 기분을 떨쳐낼 수가 없다.

그나마 위안이 되는 건 그들이 우리의 일부가 된다는 것이었다. 또한 우리의 대소변은 재생기로 들어가 이들을 자라게 하는 거름이 된다. 그렇게 자란 양상추를 우리는 또 먹는다. 이때 내가 먹은 양상추가 흡수한 똥은 내 것만이 아니다. 선내 모든 아이들의 똥이다. 나는 파란의 똥을 먹고 파란은 내 똥을 먹는다. 그렇다면 우리는 똥으로 맺어진 사이……

"노민아, 또 무슨 이상한 생각을 하고 있길래 이렇게 멍해?"

누가 내 어깨를 툭 치더니 양상추를 내밀었다. 소월 누나였다. 누나는 나를 너무 잘 안다. 내가 엉뚱한 상상 속에 파묻혀 질식하기 직전에 누나가 나를 건져 낸 적이 한두 번이 아니다.

"몇 번에 투표했어?"

"비밀이야."

나는 배정받은 빵 사이에 패티와 양상추를 끼워 넣고 그대로 놔뒀다. 별로 먹고 싶은 마음이 들지 않았다. 도경 누나 옆에 앉은 파란 때문이었다.

"노민아, 이거 무기명 투표 아니야. 투표 결과 보면 누가 낸 아이디어인지 누가 몇 번을 찍었는지 다 알게 돼 있어."

젠장. 난 '착륙 후 지도에 물총 쏘기'를 내려다가 그게 벌써 목록에 그게 올라와 있는 걸 보고는 상심 반 장난 반으로 '착륙 후 지도에 오줌 발사'를 냈다. 그건 57번이었고 나는 57번을 찍었다. 어차피 그건 1등을 할 리가 없었으니까. 하지만 미처 파란을 생각지 못했다. 투표 결과가 공개되면 파란이 내가 지도에 오줌을 갈기는 모습을 상상하며 역겨워 할지도 몰랐다. 그 생각이 들자 더더욱 아무것도 먹고 싶지 않았다.

"나 바꿀래, 그럼."

"맘대로 해. 그리고 이것도 네가 먹어."

누나가 손에 든 햄버거를 내게 건넸다.

"누나는?"

"난 오늘 밥 안 먹어도 배부르다, 노민아. 다 네 덕분이야. 그러니 많이 먹고, 살 좀 쪄, 알았지?"

밥 안 먹어도 배부르다는 누나의 말은 사실이 아니었다. 누나가 내게 준 햄버거는 누나 것이 아니었으니까.

저 멀리서 도경 누나가 죽을상을 하고는 속이 쓰리다고 우는 소리를 하고 있었다. 도경 누나는 나보다도 예민한 성격이어서 조금만 신경 쓰이는 일이 생기면 밥도 못 먹고 끙끙 앓고는 했다.

생물학자가 꿈인 도경 누나는 6개월 전 배양실 정비 업무를 맡으면서 일주일 넘게 밥을 제대로 먹지 못했다. 자기가 조금이라도 실수하면 5기 아이들이 잘못될까 봐 걱정된다며 잠도 못 잔 것은 덤이었다. 대부분의 일은 엘턴 수하의 인공지능들이 하고 자신은 배우는 쪽에 가까운데도 그랬다.

보다 못한 엘턴이 다른 일을 권했지만 누나는 그 일이 자신이 진정으로 원하는 일이라며 두려움을 극복하겠다고 다짐했다. 누나의 식사량과 수면 시간은 3주 뒤에 갑자기 늘었고 그간 줄었던 신체 질량이 원래대로 돌아온 건 다시 3주가 지난 뒤였다.

도경 누나는 오늘 저녁거리에 손도 대지 않았다. 아니, 아예 거들떠보지도 않았다. 그런데 그걸 소월 누나가 내게 준 것이다. 도대체 이 무슨 잔인한 짓이냐는 말이다.

나는 소월 누나에게 받은 햄버거를 수찬과 효준 쪽으로 밀었다. 랜드 러시의 단초를 제공한 건 나일지 몰라도 거기다 색색의 설탕물을 입힌 건 그 녀석들이었으니까.

수찬과 효준은 자기 몫의 햄버거를 먹어치운 뒤 내가 준 햄버거를 정확히 반으로 잘라야 한다며 다툼을 벌였다.

"자로 재서 자르자."

"아냐! 질량이 더 정확해. 누가 질량측정기 좀 갖다 줘!

남자애들은 수찬을 응원했고 여자애들은 효준을 응원했다. 뒤늦게 후회가 들었다. 차라리 파란에게 줄걸.

파란은 나만큼이나 말랐다. 시간만 나면 춤을 추는데다 머리를 기른다는 이유로 아침을 거르는 탓이었다. 머리가 너무 길면 감을 때 물과 샴푸가 많이 들기 때문에 머리카락이 어깨를 넘기면 잘라서 재생기에 넣어야 했지만 파란은 그러지 않았다. 그 벌로 파란은 아침을 먹지 못했다.

파란이 하루 두 끼밖에 먹지 못하는 건 안타까웠지만 그 애가 춤출 때 머리카락이 휘날리는 모습을 보면 파란이 긴 머리를 고수하는 이유를 알 것도 같았다. 파란에게 머리카락은 팔다리와 마찬가지였기에 머리카락의 휘날림도 그 애에게는 춤 동작의 하나였다.

파란이 춤을 출 때 머리카락을 흔들어 물결이나 바람의 형상을 만들면 나는 넋을 놓고 바라보곤 했다. 파란 자체가 물결이고 바람 같았다. 내 손이 닿지 않는 미지의 세계 같았다. 모양이 정해지지 않은 유체. 언제든지, 아니면 내가 모르는 사이에 어딘가로 훌쩍 날아가 버릴 구름 같았다.

아까 단정하게 땋아내려 그 애가 움직일 때마다 함께 달랑거리던 파란의 머리는 지금 나무에 매달린 벌집처럼 파란의 뒤통수에 동그랗게 말려 있었다. 오늘 저녁 카페테리아 청소 당번이 파란이기 때문이었다.

파란은 청소할 때와 수영할 때, 그리고 4기 아이들을 돌볼 때 머리를 동그랗게 묶어 단정하게 했다. 그럴 때의 파란은 완전히 다른 사람 같았다. 여전히 눈을 뗄 수 없지만 어딘가 허전하고 생기 없는 모습이었다. 반쯤 녹은 아이스크림, 굽다 만 스테이크, 실수로 물을 부어 버린 수채화 같다고나 할까.

파란은 역시 춤출 때 살아 있는 느낌이 물씬 들었다. 나는 누군가가 춤추는 영상을 보면 그 얼굴에 파란을 대입하곤 했다. 붉은 주름치마를 펄럭이며 플라멩코를 추는 파란, 한복을 곱게 차려입고 장구춤을 추는 파란, 순백의 백조 의상을 입고 발레를 하는 파란. 그 어떤 그림에서도 파란은 어색하지 않았다. 파란은 춤 그 자체였다.

*

드디어 일곱 시가 되었다. 저녁으로 주어진 햄버거는 우리의 뱃속으로, 각자의 입과 손을 닦은 냅킨은 세탁기 속으로, 접시와 컵은 식기세척기 속으로 들어간 뒤였다.

4기 아이들은 각자의 인형을 안고 인형에 접속한 엘턴이 읽어주는 잠자리 동화를 듣고 있을 것이었다. 오늘 게임 방식이 어떻게 결정되든 그 아이들도 게임에 참여하게 되어 있었다. 원하는 선배와 팀이 되든가 혼자서 게임을 한 다음 결과에 따라 토지 이용권을 받게 될 터였다. 그건 도경 누나도 지혁이 형도, 심지어 뭐든지 거부하기 좋아하는 기동이 형도 거부할 수 없는 규칙이었다.

만 8세가 되기 전에는 엘턴이 그들의 전권대리인이기 때문이다. 따라서 엘턴은 당연히 4기 아이들 50명 전원이 게임에 참가하는 것으로 결정을 내릴 것이었다.

수찬이 투표 결과를 발표하겠다며 벽면 스크린 옆으로 가서 몸을 쭉 펴고는 헛기침을 해댔다. 의류 제조기로 뽑은 휘황찬란한 나비넥타이를 매고 3D프린터로 만든 찰리 채플린 장식을 단 마이크를 든 채였다. 녀석은 그 두 물건을 만인 앞에서 쓰는 날을 고대해 왔는데 오늘이 바로 그날이었다.

카페테리아가 긴장과 고요에 휩싸였다. 1기부터 3기에 이르는 도합 300개에 가까운 눈동자가 일제히 수찬을 향했다.

"안녕하세요, 세찬미르 주민 여러분, 아름다운 저녁에 인사드립니다. 〈새 소식 찬찬찬〉의 수찬입니다! 낮에 공지 드렸다시피 오늘 이렇게 특별히 공개 방송을 편성한 이유는 랜드 러시 투표 결과를 발표하기 위해서입니다. 저는 오늘 말 그대로 열화와 같은 성원에 놀라지 않을 수가 없었습니다. 또한 저는 여러분의 창의성에 감탄했습니다. 땅을 고를 수 있는 방법이 이렇게나 다양한지 처음 알았거든요. 그중에서도 특히 제 맘에 든 것은 노민이가 제안한 57번! 바로 '지도에 오줌 발사'입니다."

사방에서 환호와 야유가 터졌다. 얼굴을 들 수가 없었다. 이런 일로 주목을 받는 건 수찬의 영역이지 내 영역이 아니었다. 괜한

객기를 부린 것을 후회했지만 때는 이미 늦었다.

아까 소월 누나와 이야기한 후, 나는 수찬에게 투표 목록에서 57번을 지워 달라고 했었다. 하지만 수찬은 이미 누가 그걸 찍어서 삭제할 수가 없다고 했다.

"그게 누군데?"

"나."

그럼 그렇지, 하는 생각이 들었지만 다행이었다.

"다른 거 뽑으면 안 돼?"

"왜?"

"내가 낸 거 삭제하고 싶어서."

"그 재밌는 걸, 왜?"

나는 대답하지 못했다. 57번을 내버려두고 38번을 뽑았을 뿐이었다. 수찬이 이 자리에서 저런 말을 할 줄 알았다면 목을 졸라서라도 다른 번호를 뽑게 만들었을 텐데.

"자, 그럼 10위부터 1위까지 차례로 볼까요? 먼저 10위는……."

다행히 아이들의 시선이 내게서 스크린으로 옮겨갔다. 나는 그제야 파란을 볼 수 있었다.

파란은 투표에 참여하지 않았으면서도 흥미로운 눈길로 스크린을 바라보고 있었다. 옆에 앉은 룸메이트 여진이 귓가에 뭔가를 속닥이자 입을 가리고 키득거리기도 했다. 어두운 얼굴로 스크린을 외면하는 지혁이 형과, 배를 움켜쥔 채 웅크리고 있는 도경 누나와는 정반대의 태도였다.

도대체 파란은 무슨 생각인 걸까? 왜 나는 파란을 이해할 수가 없을까? 내가 춤을 출 줄 몰라서? 파란이 레고에는 관심이 없어서? 파란은 정말로 나와는 완전히 다른 존재인 걸까?

"자, 그럼 대망의 1위! 카페테리아 청소를 일주일 동안 면제받을 행운아는 누구일까요? 두구두구두구두구……."

수찬이 미리 준비해 놓은 팡파르 소리가 스피커에서 울려 퍼지고 38이라는 숫자가 스크린에 크게 떴다. '각 구역을 동물 캐릭터로 만들어 사냥하기'라는 글자도 함께. 38번은 무려 전체 투표권자인 150명의 과반수인 76표를 받았다. 그걸 제안한 사람은 지혁이 형이 보컬로 있는 '청개구리' 밴드의 드러머 보석이 형이었다.

"예스!"

"안 돼!"

카페테리아는 여러 목소리가 뒤섞여 소란스러워졌다. 거기에 그 누구보다 큰 목소리로 합세한 사람은 소월 누나였다.

"보석아, 나도 38번 뽑았다! 완전 기대 중!"

누나는 당선자를 위해 준비했다며 홀로그램 왕관을 허공에 띄웠다. 엘턴이 나타날 때 이용하는 프로젝터를 이용해서였다. 그 프로젝터는 엘턴의 허락이 없으면 조작할 수 없는 물건이었다.

머리에 왕관이 씌워지자 보석이 형의 커다란 눈이 더욱 커지고 커다란 입도 헤벌쭉하며 둥근 호를 그렸다. 이제 일주일간 보석이 형이 어디를 가든 그 왕관은 형의 머리 위에 둥둥 떠 있게 될 것이었다.

그때였다.

"보석아, 어떻게 이럴 수가 있어?"

카페테리아가 순식간에 조용해졌다. 지혁이 형이 보석이 형을 바라보고 있었다. 눈에 눈물이 그렁그렁했다.

보석이 형은 지혁이 형을 똑바로 보지 못했다. 표정이 복잡했다. 전투를 앞둔 장군처럼 비장하면서도, 한편으로는 여전히 수줍어하고, 그러면서도 기쁨을 감추지 못하는 얼굴이었다. 한 사람의 얼굴에서 동시에 여러 표정이 나올 수 있다는 사실이 놀라웠다.

"지혁아, 도약은 말이야."

카페테리아에는 스피커에서 흘러나오는 소리만 시끄럽게 울리고 있었다. 수찬이 서둘러 스마트패드를 두드리자 음악이 꺼졌다. 일순 정적이 흘렀다.

"땅이 있어야 할 수 있는 거야. 발밑을 받치는 게 없으면……."

보석이 형의 목울대가 흔들, 떨렸다.

"넌 뛸 수가 없어."

형은 이 말을 꽤 고심해서 준비한 모양이었다. 하지만 별로 떳

떳치는 못 한지, 보석이 형은 말하는 내내 지혁이 형이 아닌 테이블을 내려다봤다.

지혁이 형과 도경 누나는 더욱 어두운 얼굴이 되어 서로 손을 꼭 잡았다. 그 두 사람이 앉은 공간이 조명에서 나오는 빛을 다 집어삼키고 있는 것 같았다. 보석이 형이 그 둘을 뒤로 하고 몸을 일으켰다.

"게임은 내가 만들고 싶어. 물론 나 혼자서는 못하고 함께할 사람이 있으면 좋겠는데."

보석이 형이 돌아선 이유를 알 것 같았다. 형은 자기 손으로 보미나라 역사에 길이 남을 게임 개발자로 이름을 올리고 싶은 거였다.

형의 목소리는 작았지만 모두가 숨죽이며 형을 바라보고 있었기에 형의 말을 또렷이 들을 수 있었다. 그러자 여기저기서 손들이 쑥쑥 올라왔다. 프로그래밍 좀 한다고 자부하는 아이들이었다.

보석이 형이 한 명 한 명을 둘러보며 고개를 끄덕이자 손을 든 아이들이 형 옆으로 모였다. 형은 여전히 수줍어하면서도 목소리에 자신감을 잃지 않았다.

"오늘부터 시작할까? 안 그래도 내가 예전에 간단하게 만들어 본 게 있는데……."

"알아! 다이노 헌터 말이지?"

한 아이가 흥분해서 말하자 다른 아이가 호들갑을 떨었다.

"그거 진짜 재밌잖아!"

형의 얼굴이 발그레 달아올랐다.

"응, 그걸 좀 바꾸면 어떨까 해서. 아, 물론 너희가 원한다면 완전히 새로 만들어도 되고."

보석이 형과 아이들이 와글와글 떠들며 카페테리아 출입구로 향했다. 나머지 아이들도 다시 입을 열며 하나둘 몸을 폈다. 가장 말이 많은 아이들은 2위로 뽑힌 '회전하는 보미나리 지구본에 다트 던지기'를 제안한 아이와 거기에 표를 던진 아이들이었다.

그 애들의 아쉬워하는 모습을 보니 생뚱맞게도 뿌듯함이 느껴졌다. 그것은 내가 정답을 맞혔다는, 얄팍하고 유치한 우월감이었다. 이게 무슨 시험도 아닌데 왜 이러는 걸까. 나는 정말로 수찬이 놀리는 것처럼 구제 불가능한, 앞뒤 꽉 막힌 모범생인 걸까.

복잡한 기분은 카페테리아에 남아 있는 파란을 보자 흔적도 없이 사라졌다. 나는 파란의 얼굴에서 기대, 실망, 흥분, 좌절, 그 어떤 것도 읽을 수가 없었다. 그렇다고 파란이 무슨 로봇처럼 무표정한 건 아니었다. 파란은 그저 이곳에 존재하고 있었다. 눈앞의 것들을 관찰하고 그것들에 귀를 기울이면서 말이다. 그건 투표 결과가 어떻게 나오든 상관없다는 식이 아니라, 어떻게 나오더라도 받아들이겠다는 태도에 가까웠다.

만약에 반대의 일이 벌어졌다면 어땠을까? 게임에 참가하겠다고 한 사람이 소월 누나와 나와 수찬과 효준뿐이었다면? 그래도 나는 저렇게 의연한 모습을 할 수 있었을까?

파란을 저렇게 만든 건 무엇일까. 우리는 같은 곳에서 같은 방식으로 태어나 같은 것을 먹고 같은 것을 배우며 자랐다. 그중 무엇이 우리를 다르게 만든 걸까.

그때 문이 열리더니 기동이 형이 무리를 거느리고 들어왔다. 오늘 같은 날에도 식전 운동을 거르지 않다니, 정말 대단한 의지였다.

형은 오는 길에 복도에 설치된 스크린으로 투표 결과를 보았는지 얼굴이 잔뜩 굳어 있었다. 기동이 형이 보석이 형을 향해 분노의 고함을 지르려는 찰나, 소월 누나가 그 앞으로 날아갔다.

"얘들아, 원래 보석이가 이번 주 카페테리아 청소 당번이었던 거 알지? 그래서 대신 맡아줄 사람이 필요한데…….."

소월 누나 말에 1기 선배들이 수다를 멈추고 서로의 눈치를 봤다. 기동이 형은 뒷전으로 밀려난 탓에 얼굴이 붉으락푸르락했다. 그때 소월 누나가 쾌활하게 손을 흔들며 외쳤다.

"내가 할게!"

1기 선배들은 자기 말에 자기가 대답하는 소월 누나를 향해 '쟤, 뭐니?' 하는 얼굴로 눈알을 굴리는 한편 안도의 한숨을 내쉬며 카페테리아를 빠져나갔다. 몇몇은 기동이 형이 보석이 형을 어떻게 닦아세울지 보려는 듯 그 두 사람을 번갈아 보며 머뭇거리기도 했지만 보석이 형의 친구들이 보석이 형을 재빨리 에워싸고 나가는 바람에 입맛을 다시며 그 뒤를 따라가기도 했다.

카페테리아에는 기동이 형 무리와 소월 누나, 나와 수찬과 효준, 그리고 오늘의 청소 당번인 파란과 여진, 여진의 친구 채선이 남았다.

"이제 청소를 시작해 볼까?"

소월 누나가 청소 담당인 아이들에게 말하고 나와 수찬과 효준 쪽을 돌아봤다.

"다들 고생 많았어. 방에 가서 쉬어. 뒤풀이는 나중에 하자!"

나는 의자에서 몸을 뗄 수가 없었다. 기동이 형이 소월 누나 뒤통수를 쏘아보고 있어서였다. 파란에게 뭐라도 위로의 말을 해야 할 것 같기도 했다. 이제껏 파란과 제대로 된 대화를 나눠 본 적도 없으면서 말이다.

"우리도 도울게. 햄버거 먹은 날은 치울 게 많잖아."

수찬이 말했다. 나는 그 애를 와락 끌어안고 싶었다. 수찬의 친구라는 사실이 뿌듯했다. 청소를 좋아하지도 않는 녀석이 저러는 건 방송 거리를 찾겠다는 의도가 분명했지만 말이다. 물론 효준이 무슨 생각을 하고 있을지에 대해서는 신경 쓸 필요가 없었다. 거울과 머리빗만 있으면 화장실 청소를 맡긴다 해도 만족할 아이였으니까.

"착한 녀석들. 도와주면 우리야 고맙지. 아! 그럼 이건 어때? 얼른 치우고 우리 다 같이 뒤풀이하러 가는 거야!"

누나의 방긋 웃는 모습. 뭔가가 있는데. 아, 그러고 보니 아까 소월 누나와 수찬이 뭔가를 속삭이는 모습을 본 것 같기도 했다. 그렇다면 둘은 지금 이 대화를 그때 미리 준비해 놓았는지도 몰랐다. 누나는 뒤풀이에 파란도 데려가 설득하고 싶은 것이다.

누나가 말하는 뒤풀이는 누나 방에 모여 주전부리를 먹으며 옛날 영화를 보는 것이었다. 누나는 게임 룸에는 발도 들이지 않았지만 체력단련실에 갈 때마다 발전기 달린 자전거를 열심히 탄 덕분에 누구보다도 포인트를 넉넉하게 쌓아 놓고 있었다. 그 포인트로 누나는 젤리나 콜라 같은 걸 푸드 프린터로 만들어서 우리에게 나눠 주곤 했다. 그 말인즉슨, 누나가 날씬하고 건강해질수록 우리가 살이 찐다는 뜻이었다.

소월 누나가 우리에게 청소 구역을 분배해 줄 때였다.

"속이 시원하냐?"

기동이 형의 눈동자가 석유를 들이부은 화로처럼 이글거렸다.

*

"너 같은 애를 뭐라고 하는 지 알아?"

기동이 형이 소월 누나를 매섭게 쏘아봤다.

"노예상인."

누나가 가느다란 한숨을 내쉬었다.

"기동이 너, 뭔가 착각하고 있는 것 같은데…….."

"옛날에 아프리카 사람들 노예로 잡아간 거, 유럽인들 혼자서 한 거 아냐."

"우리는 회사와 계약을 맺었고, 그 계약은 법적, 윤리적으로 아무 문제가 없어."

"가족과 친구를 팔아 버린 아프리카인이 없었다면 그렇게 많은 사람들이 노예로 팔려 가지 않았을 거야."

"우린 계약에 대해 배웠어. 세부 조항까지 샅샅이. 거기 어디에도 우리한테 불리한 조항은 없었어."

"옛날 독일에서도 나치에 협력해서 유대인들을 팔아넘긴 유대인들이 있었지."

"못 믿겠으면 지구에서 통용되는 고용 계약서를 찾아 봐. 우린 오히려 혜택을 받은 거야."

"친일파도 같은 겨레 사람들을 위안부와 노역자로 팔아넘겼고."

"기동아."

소월 누나의 얼굴에 처연한 미소가 떠올랐다.

"내가 모를 것 같니?"

"매국노."

"넌 그냥 여기서 태어난 게 싫은 거잖아."

"추노꾼."

"넌 네 삶을 빼앗겼다고 생각하지."

"……."

"지구에서 태어나 진짜 가족들과 아옹다옹하는 평범한 삶 말이야."

기동이 형의 얼굴색이 변했다.

"웃기지 마. 누가 그딴 걸 바란다고."

"그럼 네가 바라는 게 뭔데? 지구의 수많은 아이들이 가난과 전쟁과 질병에 시달리고 있어. 설마 우리가 숱하게 봐 온 다큐멘터리 같은 그런 인생을 살고 싶은 거야?"

우리는 식사 시간마다 엘턴이 보여 주는 다큐멘터리에서 이런 이야기를 수도 없이 봤다. 부모님이 돌아가셔서 동생들을 먹여 살리느라 대학도 못 가고 연애도 못 하고 공장에서 일만 하는 사람들의 이야기. 전쟁이 터져서 지붕 위로 날아다니는 미사일을 피해 다니는 사람들의 이야기. 환경오염으로 인해 몸이 아프거나 불구로 태어났지만 그 인과관계를 입증하지 못해 힘겹게 사는 사람들의 이야기.

형은 계속 누나를 노려봤지만 할 말을 찾지는 못한 것 같았다.

"기동아, 우린 회사에 빼앗기기만 한 게 아니야. 회사를 통해 얻은 것도 많아. 친구, 미래, 건강, 평화, 재산! 넌 그걸 왜 모르니?"

"먹거리도 충분하고 잠자리도 편안하니 구경꾼 앞에서 애교나 떨고 묘기나 부려라, 이거야? 아니, 난 배고프고 비를 맞으며 잔다 해도 동물원보다는 초원에서 살겠어."

"초원에서 살아 본 적이 없으니 그런 말을 하는 거야."

"그러는 너는? 동물원 밖에 뭐가 있는지 네가 알아?"

"모르지. 하지만 상상은 할 수 있어."

"아, 그래? 그거 딱 내가 하고 싶은 말이네."

소월 누나와 기동이 형이 서로를 노려보며 이를 갈았다. 둘이서 말다툼을 벌이는 동안, 기동이 형을 따르는 아이들은 형 뒤에서 무언의 응원을 했고, 청소를 맡은 우리는 테이블과 벽을 닦는 둥 마는 둥 하며 귀를 쫑긋거렸다.

이런 상황에서 태연히 청소를 할 사람이 누가 있을까? 나는 여차하면 엘턴을 부르려고 발을 동동 구르며 누나와 형을 힐끔거렸다. 이미 엘턴은 이곳 상황을 예의 주시하고 있겠지만.

엘턴은 아이들이 싸울 때 웬만해서는 끼어들지 않았다. 아이들이 갈등에 맞서고 스스로 해결 방법을 찾는 것이 좋다는 판단 때문이었다. 하지만 싸움이 욕설이나 폭행으로 번지는 경우엔 그러지 않았다. 그럴 때 엘턴은 싸움을 즉각 막은 다음, 욕을 하거나 상대를 때린 아이에게 벌을 줬다.

덕분에 우리는 소설 『파리대왕』보다는 『15소년 표류기』와 『엔더의 게임』 사이의 어딘가에 머무는 삶을 살고 있었다. 그런 상황을 연출해내는 엘턴의 균형 감각을 나는 좋아했다. 그에게 그런 감각이 없었다면 나 같은 애는 『파리대왕』의 '피기'만도 못한 취급을 받고 있거나 온실 속의 화초로 자랐을 테니까.

그때 어디선가 복숭아 향이 물씬 풍겼다. 돌아 보니 파란이 내 곁으로 와서 내가 맡은 테이블 닦고 있었다. 나는 화들짝 놀라 뒤로 물러났다.

내가 파란을 잊고 있었다니. 그만큼 형과 누나의 싸움은 치열했다. 파란은 우리가 대강 문지른 테이블과 벽을 자기 것처럼 꼼꼼히 닦았다. 형과 누나의 말다툼을 경청하면서도 말이다.

파란은 유유히 청소를 마무리하고 걸레를 세탁기에 집어넣었다.

"언니, 나 이제 가 봐도 될까? 할 일이 좀 있어서."

소월 누나가 당황해서 파란을 돌아봤다.

"간다고?"

"응. 내가 다 깨끗하게 닦았어."

"어어, 그럼 가야지. 아, 근데 뒤풀이는 어쩌지? 할 일 다 마치면 내 방으로 올래?"

"시간이 남으면. 그렇다고 기다리진 말구."

파란은 누나와 형에게 눈인사를 하더니 출입구 쪽으로 몸을 틀었다. 몸 전체가 유려한 곡선을 그리는, 우리 중 그 누구도 흉내 낼 수 없는 부드러운 동작이었다.

파란이 나가자 기동이 형이 우리에게 눈길도 주지 않고 파란을 따라 나갔다. 파란에게 할 말이 있는 모양이었다. 기동이 형은 지혁이 형과 도경 누나와도 할 말이 많을 터였다. 오늘 하루는 우리에게도 그들에게도 너무 많은 일이 있었다. 전혀 만족스럽지 않은 하루였다. 종일 롤러코스터를 탄다면 이런 기분일까.

*

우리는 소월 누나 방에서 누나가 준 캔디와 젤리를 먹으며 영화 〈300〉을 봤다. 나는 파란을 생각하느라, 레오니다스가 "디스 이즈 스파르타!This is Sparta!" 하고 포효하는 장면에서도 별 감흥을 느끼지 못했다. 그저 우리가 영화 속 페르시아인들 같다는 생각만 들 뿐이었다.

시간이 흘러 레오니다스와 부하들이 전멸할 때까지도 파란은 오지 않았다.

"파란이 꼭 왔으면 했는데."

소월 누나가 여진에게 젤리를 건네며 물었다.

85

"파란이 왜 투표를 안 했는지 혹시 아니?"

여진이 젤리를 입에 넣고 우물거렸다.

"그냥, 관심이, 없대."

"관심이… 없어?"

소월 누나가 두 눈을 깜빡거렸다.

"어떻게 그럴 수가 있지?"

나도 묻고 싶은 말이었다. 투표를 하든 안 하든, 우리의 운명을 결정지을 거대한 모험이 눈앞에 닥쳤는데 관심이 없다는 게 도대체 무슨 뜻일까? 기동이 형과 도경 누나와 지혁이 형도 오늘 하루 동안 신경이 바짝바짝 타 들어갔을 텐데.

"음, 뭐, 오늘 같은 일이 벌어진 건, 재미있다고 하더라구. 투표 자체에는, 관심이 없어도. 언니, 걔가 원래, 게임에는, 관심이 없잖아."

"그건 나도 그래. 그래도…….."

소월 누나는 여진에게 젤리를 하나 더 건넸다.

"그럼 파란은 아무 땅이나 남는 걸 받겠다는 건가 봐?"

여진은 젤리를 입에 넣으며 고개를 저었다.

"땅에도, 관심 없대. 걔가 관심 있는 건, 춤뿐이니까."

"그럼 지금도 춤추느라 안 오는 거야?"

"그럴 걸. 오늘 있었던 광란을, 춤으로, 만들고 싶대. 안무 짜러

간 거야.”

소월 누나는 고개를 슬슬 내저으며 옆을 돌아봤다. 수찬과 채선이 “디스 이즈 스파르타!”를 외치며 서로에게 발길질을 하고 공중을 붕붕 날아다녀 정신이 사납기 짝이 없었다. 아무래도 수찬은 〈새 소식 찬찬찬〉의 방송 시간이 훌쩍 지났다는 걸 잊은 것 같았다.

한편 효준은 가만히 앉아 있었지만 손에 든 거울에 대고 눈알을 부라리며 “디스 이즈 스파르타!”를 외치고 있어서 정신이 사납기는 마찬가지였다. 결국 소월 누나와 여진의 대화를 경청하는 사람은 나뿐이었다.

소월 누나가 내게 신뢰 가득한 미소를 지어 보인 뒤 여진에게로 관심을 돌렸다. 여진은 여전히 젤리를 우물거리고 있었다.

“그래도 보미나리에 안 내려가겠다는 건 아니겠지?”

“아닐걸. 거길 안 가면, 어딜 가겠어.”

“근데 파란이랑 너랑 전에 지혁이한데 동의서 사인해서 보냈잖아.”

“그건, 지혁 오빠가, 너무 멋있어서, 그랬던 거고.”

“그래?”

소월 누나는 좋아해야 할지 싫어해야 할지 모르겠다는 얼굴을 하더니 남은 젤리를 여진에게 몽땅 건넸다.

"파란이한테 좀 갖다 줄래? 걔 너무 말랐어."

"그럴게."

여진은 왼손으로 젤리가 든 주머니를 받으며, 오른손으로는 그 안에 든 젤리 몇 개를 꺼내 입안에 집어넣었다. 저러다가는 파란에게 가는 게 몇 개 남지 않을 것 같았다. 나는 내 몫으로 받아 두었던 캔디와 젤리를 여진이 들고 있는 주머니에 집어넣었다.

"역시 너는 통통해서 보기 좋아."

여진은 통통하지 않았지만 나는 일부러 그렇게 말했다.

여진이 흠칫하더니 주머니 속으로 들어가던 손을 도로 뺐다. 빈손이었다. 그러던 여진의 시선이 잠깐 효준을 향했다. 효준은 여전히 거울을 노려보며 레오니다스를 연기하고 있었었지만.

방으로 돌아가는 길에, 나는 단 것을 너무 많이 먹었더니 속이 거북하다는 핑계를 대고 의무실 쪽으로 향했다. 핸드레일을 밀며 의무실 앞에 도착한 나는 그곳을 지나쳐 체력단련실과 수영장으로 이어지는 복도 쪽으로 방향을 틀었다.

체력단련실 모듈로 가는 입구 앞은 널찍했고 체력단련실에 출입하려는 아이들이 대기할 수 있도록 텅 비어 있었다. 그곳의 이름은 원래 전실이었지만 업무 모듈과 주거 모듈과 체력단련실 모듈이 만나는 곳에 있기에 '광장'이라 불렸고 파란은 늘 그곳에서 춤을 추곤 했다.

오늘도 파란은 광장에 있었다. 그런데 아무래도 짧은 시간 안에 안무를 완성하기는 무리인 모양이었다. 파란은 공중을 빙글빙글 돌다 멈춰서 생각에 빠지기도 하고, 웅크린 채로 고뇌에 신음하는 연기를 하기도 하고, 몸을 활짝 펴며 허우적대다 뭔가를 중얼거리기도 했다.

파란에게 춤은 뭘까. 도대체 그게 뭐길래 땅에도 게임에도 관심이 없는 걸까.

파란을 잠시 바라보다 나는 방으로 돌아갔다. 복도를 둥둥 떠가며, 파란이 했던 동작들을 따라해 봤다. 내가 춤을 춘다는 사실이 너무도 어색하고 부끄러웠지만 일단 해 봤다.

빙글빙글 도는 건 어지러웠다. 몸을 잔뜩 움츠리고 공처럼 떠있는 건 답답함과 안락함이 동시에 찾아온다는 것 외에는 특별한 걸 느낄 수 없었다. 그 자세에서 만개한 꽃처럼 몸을 쭉 펴는 건 쉽지 않은 일이었다. 지지할 곳이 없어서 몸이 제멋대로 빙글 도는 탓이었다. 그건 철저한 훈련과 빈틈없는 계산을 바탕으로 한 근육의 움직임이 받쳐줘야 가능한 일이었다.

겨우 몇 분 춤을 췄다고 피로가 찾아왔다. 민망함은 덤이었다. 아무도 없는 복도였기에 망정이지 내가 그러고 있는 걸 누가 봤다면…….

으악, 엘턴이 봤으려나. 나는 얼굴이 홧홧하게 달아오르는 것을 느끼며 총구에서 튀어나온 총알처럼 방으로 달아났다. 마치 그곳에는 엘턴의 눈이 없는 것처럼.

엘턴은 이런 나를 어떻게 보고 있을까. 내 동작을 보고 마음을 알 수 있을까?

이곳에 진짜 어른이 없는 것이 아쉬웠다. 내가 느끼는 불안, 혼란, 갈등을 들어 주고 "나 때는 말이지…" 하며 자기 얘기를 들려주는 사람이. 그럼 난 물어볼 수 있을 텐데. 내가 파란을 볼 때마다 눈을 뗄 수 없는 게 정상이냐고, 파란을 생각할 때마다 가슴이 미친 듯이 뛰는데 괜찮은 거냐고.

영화나 드라마를 봐도 화면 속 배우들은 대답해 주지 않았다. 마치 혼자만 크리스마스 선물을 받지 못해 울분에 찬 어린아이처럼 자신들의 질문만 퍼부을 뿐이었다.

어쩌면 소월 누나의 말이 맞을지도 몰랐다. 나는 삶을 빼앗겼다. 삶 전체를 빼앗겼다는 말은 아니다. 일부를 빼앗겼다.

나는 우리가 빼앗긴 것이 엄마아빠와 형제자매와 함께 살며 아웅다웅하는 삶이라고는 생각하지 않았다. 우린 이곳에서 충분히 아웅다웅하고 있으니까. 또한 엘턴은 뜨거운 심장이 없을 뿐 우리의 부모나 마찬가지였다. 나는 그의 균형감각과 그가 인형으로 현신해 우릴 품어 줄 때의 그 따스함을 사랑했다.

다만 우리는 질문할 자격을 빼앗겼다. 태어나 보니 왜 부모의

품이 아닌 인큐베이터 속에 있으며, 가겠다고 한 적도 없는 머나 먼 행성으로 꾸역꾸역 날아가고 있는지 말이다.

그때 소월 누나의 목소리가 귓가에 울리는 듯 했다.

'노민아, 우리가 지구에서 태어났으면 질문할 자격이 주어졌을 까? 태어나 보니 왜 이런 부모의 품에 안겨 있으며, 왜 이따위 행 성에 평생 발이 묶여 있어야 하는지, 너는 물을 수 있었을까?'

질문을 빼앗겼다고 투덜대다 질문을 받으니 질문에 대답하기 가 힘들다는 걸 깨달았다. 다큐멘터리에서 본 지구의 참상이 떠오 른 탓이었다. 200억 명에 달하는 인구. 극지방을 제외하면 더 이 상 개발할 곳이 없는 지표면. 그 작은 자리를 차지하려는 크고 작 은 싸움. 대멸종으로 끝난 생태계.

비극이 일상인 곳에서는 소월 누나가 말한 종류의 질문이 허락 되지 않는다. 그런 곳에서 허락되는 질문이란 '어디로 가야 깨끗 한 물을 얻을 수 있을까?' 혹은 '어디에서 자야 얼어 죽지 않을 수 있을까?' 같은 종류일 것이다.

하긴 그건 내가 조선시대나 구석기시대에 태어났어도 마찬가지 였을 것이다. 보미나리에 착륙한 후에도 비슷한 질문은 이어지겠 지. 우리는 답을 얻으려 발버둥 치다 피로에 지쳐 잠이 들 거고.

어쩌면 질문이란 원래 그런 걸지도 모른다. 답을 구하기 힘든 것. 아니, 답이 허락되지 않은 것. 그래서 우릴 이곳에 태운 사람들이 우리에게서 질문을 빼앗아간 걸지도 몰랐다.

　도경 누나와 지혁이 형은 질문을 어떻게 되찾은 걸까? 질문이 자꾸만 쌓여 갔다. 나는 오늘도 잠들지 못할 것 같았다.

*

　이후 평화로운 며칠이 흘렀다. 게임에 대한 흥분이 하루가 다르게 사그라진 덕분이었다. 도경 누나와 지혁이 형의 얼굴도 조금씩 평소의 색으로 돌아왔다. 그런 엄청난 긴장과 흥분은 사람을 지치게 만든다. 따라서 오랫동안 마음에 담고 있을 수가 없다.

　이제 그날의 광란을 기억하는 사람은 파란뿐인 것 같았다.

　"투표일을 주제로 한 안무를 완성했어."

　파란은 체력단련실과 수영장으로 가려고 광장에 모인 우리에게 춤을 보여 줬다. 춤은 빠른 두 손의 진동에서 시작해서, 서서히 허리와 팔다리를 구부렸다 펴면서 이곳저곳으로 이동하는 동작으로, 몸을 한껏 웅크렸다 쭉 펴면서 공간을 장악하는 동작으로, 그러다 한층 차분해지며 팔과 다리를 너울대는 동작으로 이어진 다음, 광장 가운데의 수직 봉을 잡고 천천히 회전하다 멈춘 뒤 완전히 허물어지는 모습으로 끝났다.

　나를 제외하고는 다들 시큰둥했다. 평소 파란이 추던 춤과 뭐가 다른지 모르겠다는 거였다. 하지만 내 눈에는 보였다. 파란이 춘 춤은 기승전결을 갖춘 한 편의 드라마였다. 어찌 보면 우리가 각종 영상물과 교육 자료에서 접한 지구의 사계절을 표현한 것 같기도 했다.

오늘 파란의 춤은 차가운 수면을 흔드는 빗방울들, 놀라서 깨어나는 개구리들, 작열하는 태양에 환호하는 꽃과 나무들, 벌과 나비를 불러들이는 색과 향의 치열한 경쟁, 매미들의 요란한 합창, 가을 폭풍에 속절없이 휩쓸리는 벌레들, 비에 젖어 고요히 떨어지는 낙엽들, 흩날리는 눈발 속에 우두커니 서 있는 고목으로 계절의 흐름을 표현한 한 편의 자연 관찰 영상 같았다.

파란은 아름다웠다. 파란의 춤도 아름다웠다. 다들 그걸 왜 모르는지 답답하고 안타까웠다. 한편으로는 나 혼자만 그 고상한 아름다움을 알아보는 고매한 미학자가 된 것 같아 뿌듯하기도 했다.

그날 밤, 나는 언제나처럼 수찬의 방송을 들었다.

「안녕하세요, 세찬미르 주민 여러분. 2224년 7월 30일 〈새 소식 찬찬찬〉 인사드립니다. 오늘 가장 먼저 알려드릴 소식은 지난 한 달 간 이루어졌던 체력단련실 기구 점검이 마무리됐다는 소식입니다. 그간 일부 기구를 이용하지 못해 불편⋯ 통신관제실로 들어온 소식 중에 주목할 만한 것은 오늘 날짜로 53년 전, 지구연합정부 앞에서 벌어진 대규모의 시위 소식입니다. 그린피스를 주축으로 한 환경단체들이 신규 해상도시 건설에 반대하는…….」

우리는 매일 이렇게 53년 전 지구의 소식을 듣는다. 그보다 뒤의 소식은 들을 수가 없다. 우리가 지구와 53광년 떨어져 있기 때문이다. 지금 당장 지구가 망한다 해도 우리는 그 사실을 53년 뒤에나 알 수 있다.

지금 그들이 어떻게 됐는지 모르는 상황에서 이렇게 날아가고 있다고 생각하면 참으로 외로운 느낌이 든다. 세찬미르 안에서 살고 있는 우리가 마지막 인류일지도 모른다고 상상하면 더더욱.

한편으로는 해상도시를 또 짓는다는 소식이 놀랍기만 하다. 이제 땅에는 발 디딜 틈조차 없는 건가? 아 참, 저거 53년 전 일이지. 내 머릿속에는 시간에 대한 아득함이나 환경단체의 우려보다는 해상도시의 휘황찬란함이 먼저 떠오른다. 하지만 나는 그 모습을 그리고 싶은 유혹을 억누른 채 스마트패드를 꼭 끌어안고 터치펜을 움직여 파란을 그리기 시작했다.

파란이 오늘 보여 준 동작 하나하나는 내 머릿속에 또렷이 새겨져 있었다. 하지만 그걸 그림으로 표현하기란 결코 쉬운 일이 아니었다. 나뭇잎이 돌풍에 휩쓸려 날아가는 동작은 배구 선수가 스파이크하는 것처럼 그려지는가 하면, 실개천이 졸졸 흐르는 동작은 플루티스트가 플롯을 부는 것처럼 보이는 것이었다.

좀처럼 만족하지 못하고 인트라넷 속의 스케치 교본을 뒤적이던 나는 깨달았다. 어쩌면 그 모든 게 맞을지도 모른다고.

애초에 돌풍이니 실개천이니 하는 것부터가 내 상상이었다. 누군가는 그 동작을 보고 배구선수와 플루티스트를 연상할 수도 있었다. 그렇게 생각하니 한결 그림 그리기가 편했다. 그렇다고 아무렇게나 그린 건 아니었지만.

내가 그린 파란의 그림들은 내 계정에 할당된 폴더 안에 쌓여 있었다. 물론 그것들은 패스워드를 걸어 놓아서 아무도 볼 수가 없었다. 엘턴을 제외하면 말이다.

언젠가 이 그림들을 파란에게 보여 줄 수 있을까? 그럼 파란이 좋아할까? 자길 몰래 그리고 있었다고 날 징그럽게 생각하진 않을까? 그렇다면 더더욱 보여 줘야겠지. 그럼 몰래 그린 게 아닌 게 되니까.

하지만 나는 내가 그러지 못하리라는 걸 알았다. 원체 말이 없는 파란이 이 그림을 하나하나 들여다보며 무슨 생각을 할지, 내게 어떤 감상을 말할지를 기다리는 동안 내 심장은 노심초사하다 지쳐서 하얀 재가 되어 버릴지도 모르니까.

*

세찬미르 내에 또다시 광풍이 불기 시작한 것은 그 다음날이었다.

도경 누나가 전체 메일을 보냈다. 고심해서 만든 흔적이 역력한 팸플릿이었다. 제목은 '랜드 러시의 불편한 진실'이었다.

여러분, 미국 대륙의 원래 주인은 아메리카 원주민이었다는 사실을 알고 계십니까?

저의 친애하는 친구 소월에게 랜드 러시라는 게임의 아이디어를 안겨 준 영화 〈파 앤드 어웨이〉는 미국의 서부 개척 시대를 배경으로 하고 있습니다. 영화에서 오클라호마 정부는 주인 없는 땅이라며 백인들에게 황무지를 분할해 나눠 주지만, 실제로 그곳은 아메리카 원주민들이 살던 땅이었습니다. 그들에게서 헐값에 땅을 사들이거나 무력으로 그들을 내쫓고 빈 땅을 만든 것이죠. 하지만 이런 부분은 영화에 나오지 않습니다.

그 영화는 학살과 약탈에 대한 무자비한 역사를 철저히 감추고, 땅, 즉 자본주의에 대한 거짓된 로망만 잔뜩 보여 줬습니다. 그 영화 어디에 원주민들의 한과 눈물이 숨어 있습니까? 가난한 주인공의 한과 눈물이 표현됐으니 문제될 것 없다고요?

유럽에서 미국으로 이주한 자들은 부유하든 가난하든 관계없이 원주민에게서 땅을 약탈한 악당 혹은 그들의 조력자에 불과합니다. 그 영화는 이러한 사실을 무시하고 백인만의 시각으로 그려진 아주 질 나쁜 드라마라고 볼 수 있습니다.

그렇다면 아메리카 원주민들에게 땅을 돌려줘야 옳지 않느냐고요? 그것은 그것대로 생각해 봐야 할 문제입니다. 따라서 물어보겠습니다. 여러분은 '땅의 주인'이라는 말이 이상하다고 생각해 본 적 없습니까?

인류의 조상인 호미닌[7]들은 애초에 땅을 가지고 있지 않았습니다. 이 나무 저 나무, 이곳저곳을 옮겨 다니며 살았을 뿐이죠. 그러다 농경을 시작하면서부터 땅을 소유하고 땅에 집착하게 된 것입니다.

자, 그럼 소유라는 것에 대해 생각해 봅시다. 그리고 제가 드린 질문을 생각해 보세요. 소유는 언제부터 시작되었을까요? 과연 어떻게 시작됐던 걸까요?

누군가는 그것이 농경의 시작에서 비롯됐다고 할 겁니다. 그럼 내가 농사를 짓기만 하면 그 땅이 내 땅이 되는 걸까요? 같은 논리로, 내가 길을 가다 잠시 바위에 앉아 쉬면 그 바위는 내 바위일까요? 배를 타고 항해를 하면 그 바다는 내 바다가 되는 걸까요?

땅에 농사를 지으면 원래 그 땅에 살던 동식물은 삶의 터전을 빼앗기게 됩니다. 그러나 농부들은 그곳에 사는 동식물들에게 땅을 이용하는 대가를 주었던가요? 아뇨. 오히려 약과 기계를 이용해 그들을 학살했습니다.

그렇다면 농부들은 벌레와 풀에게 땅을 돌려줘야 하나요? 그들이 땅의

---

7 Hominin. 유인원에서 갈라진 초기 인류의 조상.

주인이니까? 그런데 단지 그곳에 살고 있다고 해서 풀과 벌레가 그 땅의 주인이라 말할 수 있을까요?

만약 그렇다면, 풀과 벌레는 누구에게서 땅을 빼앗은 거죠? 진화 초기에 발생한 세균들? 그렇다면 세균들은 누구에게서 땅을 빼앗은 거죠? 자 여러분, 이래도 '땅의 주인'이라는 개념이 이상하지 않다고 생각하십니까?

이제 질문의 답을 눈치 채셨으리라 믿습니다. 답은 이겁니다. 땅은 원래 주인이 없다. 땅은 누구의 소유가 될 수 없는 존재입니다. 스스로를 소유하는 존재죠. 보미나리도 원래의 주인이 있습니다. 바로 보미나리 자체입니다.

우리가 보미나리를 테라포밍하는 것은 마치 바이러스가 우리 몸에 침투해 우리 몸의 핵산과 단백질을 가지고 자신의 유전자를 찍어 대는 현상에 비유할 수 있습니다. 여러분이 보미나리라면 그런 상황을 참을 수 있겠습니까?

여러분은 스페인 왕과 영국 여왕이 아메리카 대륙에 파견한 병사들과 다르지 않습니다. 그들은 아메리카 대륙에 병을 옮기고 원주민들을 학살했죠. 그들에게서 재산과 삶의 터전과 역사를 빼앗았습니다. 여러분, 역사에 죄인으로 이름을 남기고 싶습니까?

여러분, 분연히 일어섭시다. '우리는 너희의 창끝이 되지 않겠다'고 선언합시다. '분연히 일어선 우리'는 여러분의 참여를 반깁니다. 빼앗긴 자유를 쟁취하기 위해 함께 나아갑시다. 이에 우리는 항로 변경의 정당성을 검토하는 토론회를 열고자 합니다……

너무나도 논리 정연하고, 눈을 씻고 봐도 틀린 말을 찾을 수 없는, 그래서 무섭기 짝이 없는 내용이었다. 아이들이 이 메일을 보고 술렁인 것은 당연한 일이었다. 3기 중에는 우리가 정말로 그런 나쁜 짓을 하러 가는 거냐며 울먹인다든지 밤에 자다 악몽을 꾸는 아이들도 있었다.

도경 누나 혼자서 이 글을 쓴 게 아니라는 점은 확실했다. 이 글에는 기동이 형의 입김이 너무나도 많이 들어가 있었다. 도경 누나는 생각이 많고 남들이 생각하기 귀찮아하는 지점을 파고들어 따지기를 좋아하긴 해도 이렇게 직설적으로 '너는 나쁜 놈이다' 하고 독설을 퍼붓는 사람은 아니었다.

"애들은 왜 이렇게까지 하는 걸까?"

소월 누나가 답답해했다.

"잘 포장된 길을 두고 왜 험한 돌밭을 가냐 이 말이야."

나는 메일을 보고 꽤나 의기소침해져 있었기에 누나의 말에 동의할 수 없었다.

"누군가의 피로 닦인 길이니까."

"돌밭을 가면 아무도 피를 흘리지 않을까? 어느 길로 가든 뭔가는 네 발밑에 깔리게 되어 있어. 돌이 돌을 내리눌러서 상처가 날 거고 돌에 붙어 사는 벌레들은 돌 사이에 껴서 죽겠지. 두고 봐, 저 애들이 돌밭을 가겠다면 그 밑에 깔리는 건 우리가 될 테니까."

누나는 자기 말이 마음에 들었는지 만나는 사람마다 똑같은 소리를 했다. 심지어 이 내용을 보석이 형에게 만화로 그려 달라고 해서 전체 메일로 보내기도 했다.

그러자 그 만화가 아이들의 생각을 지배하기 시작했다. 도경 누나의 메일은 잠깐 파문만 일으키고 잠잠해진 것이다. 아이들 사이에 '어쩔 수 없잖아' 라든가 '이제 와서 어쩔 건데' 같은 체념, 혹은 '말만 번지르르하지 도대체 뭘 어쩌자는 거야' 라든가 '이대로 계속 날아가자는 게 말이 돼?' 같은 반감이 퍼진 까닭이었다.

그런 반응은 '분연히 일어선 우리'를 자극했다. 며칠 뒤에 또 다른 메일을 보낸 것이다. 그 메일에는 '우리가 분연히 일어선' 뒤의 구체적인 미래상이 그려져 있었다.

엘턴에게 주어진 법적대리인 자격을 박탈, 이를 위해서는 2기 이하 미성년 구성원의 동의가 필요. 이후 1기 구성원이 2기 이하 구성원의 법적대리인 자격 취득. 이 또한 2기 이하 구성원의 동의가 필요함. 이후 3기 이상 구성원에게 투표권 부여. 자치회를 구성하고 선거를 통해 자치회장 선임. 우주선 운영을 위한 각 분야별 자치회 분과 설립. 선거를 통해 분과장 선임…….

오늘 저녁 여덟시, 우리의 미래를 함께 계획하실 분들을 카페테리아로 모십니다. 토론회가 마련될 예정입니다.

끝까지 읽기에는 꽤나 따분한 내용이었지만 우리는 그들, 즉 '분연히 일어선 우리'의 주장이 이제는 단순한 칭얼거림이라든가 막연한 떼쓰기를 벗어났다는 걸 알 수 있었다. 그 메일 덕분에 우리는 세찬미르 안에서 엘턴이 아닌 우리가 주도권을 쥐고 자체적인 생태계를 꾸려갈 수 있지 않을까 하는 상상을 꽃피우기 시작했다.

"난 방송국을 만들 거야. 나는 방송분과 분과장이 되고."

수찬이 말했다.

"이미 하고 있는 일 아냐? 뭐가 다른지 모르겠는데."

"정통성. 권위. 타이틀. 모르겠냐?"

내가 고개를 젓자 수찬이 답답해했다.

"보미나리로 내려가면 우린 하루 종일 테라포밍에 투입돼. 인프라가 안정적으로 구축될 때까지는 방송 같은 거 할 시간도 없을 거라고. 하지만 지금과 같은 생활이 계속되면 나는 이 일에만 전념할 할 수 있어. 진정한 프로 진행자가 되는 거지."

"그래서 넌 '분리파'에 가입하겠다는 거야?"

'분리파'는 '분연히 일어선 우리'의 줄임말이었다.

"아니, 뭐 꼭 그렇다는 건 아니고……."

그때 효준이 앓는 소리를 했다.

"진짜 고민된다. 보미나리로 내려가면 햇빛 때문에 주근깨가 생길지도 모른단 말이지."

"머리카락이 들떠서 무중력이 싫다 할 때는 언제고."

"아니, 생각해 보면 그렇잖아. 주근깨가 끝이 아니야. 우린 뼈 빠지게 일하느라 팩 한번 할 시간도 없을 거라고.

"너는 그럼 우주를 영원히 날면서 무슨 패션미용청 같은 걸 세우겠다는 거야? 네가 청장이 되고?"

"난 그런 거 몰라. 난 그냥 런웨이만 있으면 돼. 이 복도처럼 말이야."

효준이 〈300〉의 페르시아 왕 크레르크세스가 "나는 관대하다" 하고 외칠 것 같은 포즈로 허공에 떠서 복도 끝을 바라봤다. 그 끝에는 복도가 꺾이는 지점마다 설치된 볼록거울이 붙어 있었다. 거울 속의 효준은 우스꽝스럽게 배가 튀어나와 있었다.

우리는 체력단련실에서 운동을 마치고 분리파가 마련한 토론회에 가는 길이었다. 토론회는 카페테리아에서 열릴 예정이었다. 1기와 2기는 특별한 사정이 없는 한 필수 참석, 3기는 원하는 경우 참석했다. 4기의 경우는 잘 준비를 해야 해서 참석할 수가 없었다.

전부 엘턴이 정한 방침이었다. 엘턴은 결코 항로를 변경하지 않을 테지만 어쨌든 토론회를 지원했다. 법규상 그러지 않을 도리가 없다고 판단했거나, 토론회를 통해 분리파를 설득할 수 있다고 확신하는 게 틀림없었다.

분리파에 대항하는 우리는 언제부턴가 우리 스스로를 '잔존파'라고 불렀다. 별 뜻 없이 '쟤들이 분리해 나간다니까 우리는 잔존파지, 뭐'라는 거였지만, 점심 때 카페테리아에서 만난 소월 누나는 다르게 말했었다.

"그런 식으로 끌려다녀서는 안 돼. 주도권은 우리가 쥐고 있어야 한다고."

소월 누나는 체력단련도 포기하고 오후를 다 바쳐 고민한 끝에, '잔존'이 '잔 다르크와 존 F. 케네디의 후예들'의 줄임말이라고 우기는 전체 메일을 보냈다.

우리가 보미나리라는 새로운 나라를 세울 건국의 주역이라는 사실을 잊지 맙시다. 우리는 우리의 위대한 과업을 위협하고 방해하는 세력을 물리칠 구국의 영웅이 될 것입니다. 그러므로 여러분, 국가가 우리에게 뭘 해 줄지 묻지 말고, 우리가 국가를 위해 뭘 할 수 있는지 묻는 선진 시민으로 거듭납시다.

누가 봐도 작위적으로 갖다 붙인 해석이었지만 듣기에는 그럴

싸했다. 무엇보다 우리를 영웅이라지 않는가? 악당과 영웅은 한 끗 차이라는 진리가 이렇게 증명되는 것이다. 하지만 나는 이제 새로운 의문에 사로잡혔다.

잔존파와 분리파라는 이름은 과연 적절한 걸까. 우리가 지금까지 우주를 날아왔으니 이대로 우주를 유영하겠다는 아이들이 도리어 잔존파라 불려야 하는 것 아닐까. 이 무無에 가까운 망막한 공간에서 중력이 시공간을 뒤틀고 그 결과 대기가 붙들리고 만 그 작고 특수한 공간인 행성. 우주라는 보편적인 공간을 뒤로 하고, 그 특정한 곳으로 기어이 미끄러져 내려가겠다는 우리가 실은 분리파가 아닌지.

의문에 대한 답이 서서히 떠올랐다. 우리는 우주에 남겠다고 선언한 것이 아니다. 우리는 이 시스템에 남겠다고 선언한 것이다. 의식 없는 분자들을 모아 우리라는 의식 있는 존재를 세상에 나게 하고, 교육과 훈련을 통해 우리의 의식을 한 방향으로 흐르게 하고, 그 결과 우리를 사회라는 거대한 구조물 속 하나의 부품이 되게 만드는 이 시스템에 말이다.

시스템에 속하지 않은 사람이란 지저분한 부스러기에 불과하다. 청소기 속으로, 쓰레기통 속으로, 끝내는 재생기 속으로 들어가 유용한 것으로 새로이 태어나는 과정을 밟아야 하고, 그러기 전까지는 시스템에 속한 자의 눈에 띠지 않게 구석에 처박혀 있어야 하는 것들 말이다.

　우주를 떠돌겠다는 것은 그러한 부스러기가 되겠다는 뜻이다. 우주에서 죽음을 맞이해 언젠가 인류가 활용 가능한 분자로 낱낱이 분해되기 전까지는 이 시스템에 속하기를 거부하겠다는 뜻이다. 그러므로 인류의 입장에서 그 아이들을 분리파라 부르는 것은 지극히 당연한 일이었다.

　모처럼 명쾌히 얻은 답이었다. 하지만 마음이 편해지진 않았다. 착잡한 마음으로 카페테리아에 들어섰다. 그날 토론회는 안타깝게도, 기동이 형과 소월 누나가 서로의 멱살을 쥐면서 끝났다.

*

　일주일 뒤, 체력단련 후 자유 시간이었다. 우리는 광장에 모였다. 파란이 새로운 안무를 보여 주겠다고 해서였다. 춤의 제목은 '도약'이었다.

　음악의 시작과 함께 파란이 몸을 웅크리고 빙글 돌았다. 이리저리 산발하면서도 한 방향으로 흐르는 파란의 머리카락에 나는 마음을 빼앗겼다. 고전 해양 다큐멘터리 속 해조류처럼 하느작거리는 머리카락들. 구불구불하고 윤기 넘치는 그 모습이 언젠가 지구 사진에서 본 강물 같기도 했다. 우리와 똑같은 샴푸를 쓰는데 어쯤 저렇게 머릿결이 좋을까. 한 번만 손으로 쓸어 보면 소원이 없을 것 같았다.

음악이 점점 빨라졌다. 파란은 몸을 조금씩 펴더니 팔다리를 꺾으며 잠시 멈췄다가, 음량이 폭발하는 지점에서 벽에 붙은 핸드레일을 도움닫기 삼아 날아올랐다.

아이들이 환호하며 손뼉을 쳤다. 가슴이 두근거렸다. 이 세찬 미르호가 지구를 떠날 때 저런 모습이었을까. 파란의 발바닥에서 뿜어 나오는 불길을 본 것만 같았다.

"노민아, 뭐 하고 있어?

소월 누나였다. 내가 뭘 하는지 알면서도, 실은 알기에 탐탁지 않은 눈치였다.

누나의 시선은 곧 내가 아닌 파란을 향했다. 누가 스위치를 내린 듯, 누나의 표정이 딱딱하게 굳었다. 파란이 아침 식사를 포기하면서까지 머리카락을 길러서가 아니었다. 파란을 에워싼 무리 중에 기동이 형을 발견한 탓이었다. 나는 지난주에 소월 누나가 기동이 형과 드잡이했다는 사실을 떠올렸다.

"그냥 구경 좀 했어."

나는 아쉬움을 뒤로 한 채 핸드레일을 잡고 몸을 돌렸다. 음악 소리가 점점 멀어졌다. 내 심정도 모르고 소월 누나는 바짝 따라붙었다. 누구보다 덩치가 컸지만 동작이 잽싸기로는 빼빼 마른 파란 못지않았다.

"오늘 발언 기대할게, 노민아."

누나는 윙크를 하더니 핸드레일을 밀며 힘차게 나아갔다. 나는 누나의 몸이 둥둥 떠가는 모습을 바라보며 한숨을 쉬었다. 발언문을 엉망으로 썼기 때문이다. 어젯밤에도 파란의 머리카락들은 내 망막에 진한 잔상으로 남아 발언문을 쓰는 내내 눈앞에서 하느작거렸다.

*

"150여년 전, 우리 인류는 크나큰 위기에 봉착했습니다. 전쟁, 기아, 질병, 환경오염……."

소월 누나와, 이른바 잔존파들이 기대 가득한 눈빛으로 나를 바라봤다. 기동이 형을 따르는 분리파들은 여차하면 냉소를 끼얹으려 입술을 실룩였다. 그 앞에서 뻔한 이야기를 읊어대고 있으니 얼굴이 달아오를 것 같았다. 무엇보다도 나를 민망하게 하는 것은 유리잔에 담긴 생수처럼 맑은 눈망울로 내 말을 경청하는 파란이었다. 파란의 머리카락은 막 감고 나온 듯 차분하게 가라앉아 있었다.

"인류의 존속과 번영을 위해 우리 세찬미르호가 날아올라… 이제 새로운 고향이자 제2의 고향인 보미나리를 눈앞에 두고 있습니다. 우리는 그곳에서 우리의 부모가 그토록 바라던 안정과 행복을 일굴 대과업을 눈앞에 두고 있습니다. 우리는 인류를 대표해 이곳에 왔다는 사실을 잊어서는 안 됩니다. 대의적으로는 인류의 진출을 도모하고, 그보다 작게는 우리 가족들이 좁디좁은 지구를 벗어나도록 돕는 것이 우리의 임무입니다. 또한 우리에게는 각자의 꿈이 있습니다. 그 꿈을 이루기 위해서라도 우리는 보미나리로 내려가야 합니다."

발언을 끝내고 내려오자 소월 누나가 내 어깨를 두드렸다. 칭찬의 말들이 귓전을 훑었지만 나는 연단으로 오르는 파란의 모습에만 마음이 쏠렸다. 오늘은 파란의 발언도 있기 때문이다. 매일같이 이어지는 잔존-분리 찬반 토론에서 파란이 발언하는 것은 처음이었다.

"좋은 말씀 해 주신 노민에게 감사드립니다."

파란이 나를 향해 꾸벅했다. 나는 얼떨결에 파란을 따라 고개를 숙였다. 파란이 날 이렇게 똑바로 쳐다본 적이 있었던가? 내 이름을 입에 올린 적은? 없었다. 이럴 때가 아니면 파란의 관심을 받을 수가 없을 것 같다는 생각에 씁쓸해졌다. 아니면 이런 관심이라도 받은 걸 기뻐해야 하는 걸까.

"인류의 존속과 번영, 좋은 얘기죠. 옳은 얘기입니다. 하지만 전 머리가 나빠 그런지 어렵고 복잡하네요. 전 여기서 그런 이야기를 하고 싶지는 않습니다."

부끄러운 줄 알라는 잔존파의 웅성거림이 들려왔다. 나는 그들에게 입 다물라고 소리 지르고 싶은 걸 겨우 참았다.

"제가 하고 싶은 이야기는 단순합니다. 전 세찬미르 안에서 태어났습니다. 이곳이 제 고향이고 전 여기서 사는 게 익숙하고 좋습니다. 보미나리로 내려가면 우리는 계속 땅에 붙어 있어야 합니다. 중력에 완전히 익숙해질 때까지 재활훈련을 받아야 하고요."

파란의 얼굴에 진지한 기운이 감돌았다.

"노민이 꿈에 대해 말했죠. 저 역시 그 부분에 대해 이야기하고 싶습니다. 우리는 꿈을 빼앗겼습니다. 회사는 우리에게 묻지도 않고 우릴 태어나게 했습니다. 그렇다면 우리가 무엇을 하고 싶어 하든 존중해 줘야 한다고 생각해요. 하지만 회사는 그럴 생각이 없습니다. 우릴 공장에서 찍어 낸 로봇처럼 보는 거예요. 자신들의 물건이나 노예로 보는 거죠. 하지만 우리는 주어진 명령을 그대로 따르는 로봇이 아닙니다. 스스로 생각하고 꿈꾸고 느끼는 인간이죠. 또한 우리는 노예도 아닙니다. 나의 주인은 회사가 아니라 나 자신이니까요."

파란은 잠시 숨을 고르고 말을 이었다.

"저는 춤추는 걸 좋아합니다. 여기서 저는 마음대로 춤출 수 있어요. 하지만 땅에서는, 중력장 안에서는 그럴 수가 없을 것 같아요. 왜냐하면 회사가 저를—"

"우리 부모들은 땅을 밟고 춤을 췄어!"

파란의 말을 끊고 불쑥 외친 사람은 소월 누나의 친구인 유탄이 형이었다. 도경 누나가 허리를 쭉 펴며 외쳤다.

"발언 중에 무례는 삼가 주시죠."

유탄이 형도 몸을 일으켰지만 소월 누나가 말리자 다시 웅크렸다. 그때 엘턴이 말했다.

"도경의 말이 맞습니다, 유탄. 파란의 말을 끝까지 들어 주세요."

1기와 2기, 3기가 50명씩 전부 모여 있는 카페테리아는 순식간에 조용해졌다. 벽, 바닥, 천장 할 것 없이 핸드레일을 붙잡고, 혹은 친구와 팔짱을 끼고 옹기종기 모여 있는 얼굴들이 엘턴을 바라봤다. 모두의 얼굴에 두려움이 스쳤다. 엘턴은 우리에게 징계를 내릴 수 있는 유일한 존재였다.

지난주 소월 누나와 기동이 형은 토론 이후 치고받고 싸운 끝에 각자의 방에 감금됐다. 하지만 전체 인구의 8분의 1이 떠나겠다고 들고 일어선 판이었다. 그중에서도 도경 누나는 항로 변경에 실패할 경우 우주선의 일부 모듈을 분리해서 떠나자고 분리파를 설득하고 있었다. 우주선에서 분리되는 관성을 이용하면 영원히 우주를 유영할 수 있다는 거였다. 위험천만한 생각이었다. 그러다 어느 천체의 중력에 이끌려 추락이라도 하면 어쩌려고? 그렇기 때문에 소월 누나와 기동이 형은 이런 시국에 갇혀 있는 것을 원치 않았고, 엘턴의 용서를 구하기 위해 스스로를 절제하겠다는 내용의 반성문을 200KB 넘게 써야 했다. 그 덕분에 이렇게 토론회에 다시 나올 수 있었던 것이다.

파란이 엘턴에게 감사의 뜻으로 고개를 꾸벅하고 연설을 이어 나갔다.

"회사는 저를 무중력에서 태어나게 했어요. 그 결과 저는 무중력을 좋아합니다. 정확히는 무중력 상태에서 춤추는 걸 좋아하죠. 저를 이렇게 만든 건 그 누구도 아닌, 회사입니다. 그런데 그 회사는 지금까지의 저를 버리고 새로운 제가 되라고 강요하고 있습니다. 저는 회사가 우릴 태어나게 한 데에 대해서, 특히 이곳에서 태어나게 한 데에 대해서 책임을 져야 한다고 생각해요. 우리가 회사에게 빚을 갚는 게 아니라요. 만약에 우릴 책임질 수 없다면 회사는 우리를 보내 줘야겠죠. 회사는 이렇게 우리를 붙잡아 둘 권리가 없습니다."

나는 파란의 연설에 빠져들었다. 한 문장, 한 문장, 다 맞는 말이었다. 파란에게 춤은 그저 춤이 아니었다. 자유로울 권리를 뜻했다. 다들 나와 같은 걸 느꼈는지 카페테리아가 숙연해졌다.

"여러분, 재활훈련이 끝나면 우리는 기지를 확장하는 고된 노동에 투입될 거예요. 아까 우리 부모들이 땅을 밟고 춤을 췄다고 하셨죠? 하지만 저는 보미나리에서 춤출 수 있는지 없는지도 모를 거예요. 춤출 시간이 없을 테니까요. 시간이 난다 하더라도 아주 오랜 시간이 흐른 뒤일 거고 그나마도 제가 꿈꾸는 춤은 출 수 없을 거예요. 제가 꿈꾸는 안무는 무중력에서만 가능하기 때문이죠. 우리가 보미나리로 내려가는 것은 전부 회사와 우리 부모들의 바람을 이루기 위해서입니다. 우리들의 꿈이 아니라요. 저는 다른 사람의 인생을 대신 살고 싶지 않습니다. 제 삶을 살고 싶습니다."

파란이 말을 마치는가 싶더니 기동이 형이 헛기침을 하자 다시 입을 열었다.

"사실 저는 그게 늘 궁금했어요. 우리 부모가 누구죠? 우리가 이곳에 냉동 배아 상태로 실렸을 때 그 배아의 원료가 된, 얼굴과 이름만 아는 난자와 정자의 주인을 말하는 건가요? 아니면 우릴 보살피고 가르친 엘턴을 말하는 건가요? 사실상 우리에겐 부모가 없어요. 따라서 우리가 부모의 바람을 이뤄야 한다는 건 얼토당토않은 이야기입니다. 심하게 말하면 염치없는 소리라고도 할 수 있겠죠."

저건 기동이 형이 알려준 말일 것이다. 형은 이곳에서 태어난 운명을 저주하니까.

나는 연단 구석에서 남자인지 여자인지 알 수 없는, 홀로그램의 형태로 토론을 지켜보는 엘턴을 힐끗했다. 그의 얼굴에는 아무 변화도 없었다. 이글거리는 표정을 감추지 못하는 것은 잔존파였다. 파란이 이어 말했다.

"우리는 우리의 진정한 바람이 뭔지를 다시 한번 고민해 보고 회사에 적극적으로 알려야 합니다. 우리가 용기를 낸다면, 앞으로 이와 같은 일은 막을 수 있을 테니까요. 저는 앞으로 우리처럼 이용당하는 아이들이 없는 세상을 만들고 싶습니다."

카페테리아가 조용해졌다. 파란의 목소리 말고는 들리는 것이 없었다.

"마지막으로 하나 더 말씀드리겠습니다. 여진이 대신 전해 달라고 한 말인데요."

파란은 접혀 있는 스마트패드를 꺼내 펼쳤다. 분리파 쪽에 앉아 있던 한 여자아이가 벌게진 얼굴을 두 손에 파묻었다. 여진이었다.

"재활훈련이 끝나면 우린 보미나리를 개척하는 것뿐만 아니라 새로운 노동을 해야 합니다. 아기를 낳는 일이죠. 달걀부화기처럼 말이에요. 우리에겐 배양기가 있는데 직접 아기를 낳으라는 건 너무 가혹합니다. 이러한 이유로 저는 보미나리에 내려가기를 거부합니다."

눈알을 굴리지 않을 수가 없었다. 박쥐처럼 잔존파에 붙었다가 분리파에 붙었다가 하는 애들이 많았는데 여진도 그중 하나였다. 귀가 얇아서 무슨 말을 들어도 흔들리는 것이다. 하긴 내가 그 아이들을 탓할 수 있을까? 나 역시 망설임이 없었다고는 할 수 없었다.

파란이 좌중을 둘러보더니 스마트패드를 다시 접어서 집어넣었다.

"지금까지 제 말씀을 들어 주셔서 감사합니다."

분리파의 성원이 카페테리아를 뒤흔들었다. 잔존파가 야유하는 소리도 귀가 따갑기는 마찬가지였지만 어쩐지 절박한 느낌이었다. 다들 예감한 것이다. 오늘 파란의 연설이 아이들의 마음을 움직였음을. 그때 소음을 뚫고 엘턴의 목소리가 울려 퍼졌다.

"여진, 보미나리에 내려가면 세찬미르 전체를 분해한 뒤 기지 건설에 이용할 거라는 사실을 지난 학기에 배웠습니다."

여진의 얼굴이 더욱 빨개졌다.

"네, 그건 저도 알고 있어요."

이어지는 엘턴의 목소리는 여전히 부드러웠다.

"배양기는 우리가 싣고 온 가축들의 배아를 키우는 데에 쓰일 겁니다. 여러분이 먹고 싶어 하는 진짜 치킨과 진짜 스테이크를 안겨 줄 닭과 소 같은 것들 말입니다. 개체 수가 확보되면 배양기도 마저 분해해서 기지 확장에 이용할 거고요."

엘턴은 연단 중앙으로 순간 이동했다.

"여러분, 단지 그 때문에 보미나리로 내려가는 것을 거부하는 거라면 우리는 배양기 일부를 여러분의 후손을 키우는데 할당할 것을 적극 검토할 수 있습니다. 여러분 하나하나는 배양기보다 소중하니까요."

과연 그럴까. 분리파가 정말로 분리되어 떠날 경우 짊어지고 나갈 기계 장치와 자원들이 아까운 게 아닐까. 사람이야 모자라면 낳으면 그만이다. 하지만 기계 장치는 그렇지 않다. 부모가 만들어준 이 물건들을 똑같이 만들 줄 아는 사람은 우리 중에 아직 없다.

엘턴은 파란의 연설에 감동한 아이들을 당장 설득할 수는 없지만 여진과 같은 애들을 단속하는 건 가능하다고 판단한 것 같았다. 하지만 여진은 엘턴의 계산을 모르는 듯했다. 옆에 앉은 채선과 환한 시선을 나누더니 기동이 형이 눈을 부라리자 고개를 떨궜다. 그걸 놓치지 않은 사람은 나뿐만이 아니었다. 소월 누나가 여진을 바라보며 미소를 머금었다. 누나는 여진과 채선이 잔존파로 넘어올 때까지 설득을 멈추지 않을 것이었다. 나는 누나가 성공할 것을 알고 있었다.

하지만 파란은 어떨까? 누나가 파란도 설득할 수 있을까?

*

다음날, 수업이 다 끝나고 복도로 나오자 소월 누나가 우리 2기들을 기다리고 있었다.

"게임 룸 갈 사람은 잠깐 미루고 다 같이 카페테리아로 가자."

"누나 아직 수업 남지 않았어?"

"간식은 먹어야 할 거 아냐."

"수업 땡땡이 치고 간식을 먹겠다고? 엘턴한테 무슨 경고를 들으려고?"

"상관없어. 인트라넷을 뒤지다 옛날 영화를 하나 찾았는데 혼자 보기 아까워서 말이지."

영화라고? 얼마나 재밌길래 수업까지 빠지고 보여 주겠다는 걸까? 나를 포함한 아이들의 눈빛이 반짝거렸다. 그럼 오늘 간식 시간에는 카페테리아에서 다큐멘터리를 보지 않아도 되는 건가? 우리가 왜 지구를 떠나 우주를 가로지르는지를 알려 주는, 지루하고 처참한 영상물을?

우리는 상기된 얼굴로 각자 먹을 간식을 골라서 선내 '바닥'에 해당되는 벽면의 테이블에 몸을 묶고 앉았다. '벽'과 '천장'의 테이블에 앉는 아이는 아무도 없었다. 우리에겐 바닥도 천장도 그저 벽일 뿐이어서 누가 나와 반대 방향으로 떠 있어도 아무렇지 않았지만 지구를 배경으로 한 영화를 볼 때에는 꼭 이렇게 바닥에 앉아야만 할 것 같은 마음이 들었다. 그곳은 위아래가 분명한 세상이니까.

스크린에 상영된 것은 〈20세기 소녀〉라는 제목의 21세기 영화였다. 제작된 것은 200여 년 전이지만 세찬미르호가 날아오는 대부분의 기간 동안 우리가 냉동 배아 상태였다는 걸 감안하면 100년 전 영화라고도 볼 수 있었다. 세찬미르는 100년 넘게 날고 있으니까.

영화는 남녀 고등학생 네 명의 사각관계와 첫사랑을 시작으로, 주인공이 20년 후 자신이 좋아했던 남학생과 재회하며 생긴 일을 다룬 이야기였다. 고등학생들의 알콩달콩한 러브스토리도 흥미진진하고, 반전이 두 번이나 나오다 보니 나는 손에 쥔 아이스크림이 녹아서 둥둥 떠다니는 것도 모를 정도로 영화에 빠지고 말았다.

우리 선조들이 비참하게만 살았던 건 아니었구나. 굉장히 다양한 사람들이 다양한 일을 하고 다양한 고민을 하며 살았구나. 그 와중에도 사랑은 꽃피었구나. 나도 저때 태어났다면 저렇게 살았을까? 그런 생각을 하면서 보다가 결말을 맞이하고 가슴이 먹먹해졌다.

어쩔 수 없는 이유로 떠난 첫사랑과 꼭 다시 만나자는 약속. 연락을 주고받으며 설레는 마음. 뜸해지는 연락. 기다림에 지쳐 그를 잊자고 다짐하는 주인공. 하지만 그가 연락할 수 없었던 건…….

어디선가 훌쩍이는 소리가 들렸다. 우리는 목이 메 말도 못 하고 간식을 먹지도 못 했다. 누나가 미웠다. 이 영화를 왜 보여 주는지 뻔해서. 그리고 고마웠다. 이 영화를 보여 줘서.

"지금 마음속에 떠오르는 사람이 한둘은 있을 거야."

누나의 목소리가 잠겨 있었다. 궁금했다. 저건 연기일까, 진심일까. 누나는 연기자를 꿈꿨다. 연말마다 올리는 연극 무대에서 언제나 훌륭한 연기를 보여 줬고, 현실에서도 누군가를 설득하기 위해 연기할 때가 있었다. 그건 누나와 가까운 아이들만이 아는 사실이었다. 하지만 곧 그게 뭐가 중요하냐는 생각이 들었다. 이미 난 누나한테 설득되어 버렸으니까.

"우린 한 배船에서 태어났어. 한 배腹에서 태어난 형제자매나 마찬가지지. 배에 실리면서부터 우린 소중한 사람을 잃었어. 우리 부모들은 눈물을 머금고 우리를 이 배에 실었지. 우리가 가진 건 우리, 그러니까 서로가 전부야. 그런데 우리가 또 누군가를 잃어야 할까?"

카페테리아는 눈물바다가 되었다. 나도 그 바다에 한 줌의 눈물을 보태며, 일렁이는 눈물 속에서 파란을 찾았다. 파란이 가느다란 손가락으로 눈가를 살며시 훔치고 있었다. 파란은 지금 누구를 떠올리고 있을까.

그때 문이 열리며 기동이 형이 들이닥쳤다. "소월이 너, 이게 무슨 수작이야!" 같은 말을 외치기 직전의 표정으로. 하지만 형은 하나같이 울고 있는 우리 모습에 당황하더니 소월 누나를 보고 물었다.

"아프다는 게 진짜였어? 뭔데? 심각한 거야?"

아무래도 소월 누나가 아프다고 거짓말을 하고 수업을 빠졌는데 여기 있는 분리파 중 누군가가 기동이 형에게 메시지를 보낸 모양이었다.

누나가 뭐라고 둘러댈지 궁금했지만 대답은 들을 수 없었다. 1기 선배들이 속속들이 몰려든 탓이었다. 수업이 끝나고 간식을 먹으러 온 것이다.

소월 누나는 언제 울먹였냐는 듯 환한 얼굴로 그들을 맞이했다.

"인트라넷에서 옛날 영화를 하나 찾았어. 진짜 재밌는데 같이 볼래?"

이 모든 건 소월 누나와 엘턴의 합동작전이었다. 그걸 깨닫자, 방금 먹은 아이스크림이 튜브 밖으로 나올 때처럼 식도를 거슬러 오르는 것 같았다. 나는 입을 막으며 카페테리아를 빠져나왔다.

*

그로부터 사흘 뒤 아침 식사 시간이었다. 도경 누나가 보이지 않았다. 또 속이 안 좋아서 식사를 거르는 모양이었다. 왜 그러는

지는 뻔했다. 영화 〈20세기 소녀〉를 본 뒤 분리파 아이들 몇 명이 잔존파로 넘어온 까닭이었다.

소월 누나와 엘턴이 그 영화 때문에 잔존파가 오히려 분리파로 넘어가진 않을까 걱정하지 않은 건 당연했다.

영화 속 세상은 광활하고 서정적이고 다채로웠다. 지구가 본격적으로 망가지기 전의 모습을 고스란히 보여 줬으니까. 그것도 아주 로맨틱하게.

보미나리를 지구처럼 가꾸고 건물과 도시를 지으면 우리도 영화 속 주인공처럼 될 수 있을 것이었다. 그러나 이 좁고 삭막한 우주선 안에서는 그런 로맨스를 펼칠 수 없었다. 많은 아이들이 그걸 깨달았다. 이제 분리파에 남은 사람은, 기동이 형과 도경 누나, 지혁이 형, 그리고 그들을 친동생처럼 따르는 아이들뿐이었다.

그래서인지 지혁이 형과 기동이 형은 침울한 얼굴로 구석에 둥둥 떠서 오트밀 튜브를 빠는 둥 마는 둥 하며 목소리를 낮춰 이야기를 나누고 있었다. 그러던 그때, 지혁이 형이 갑자기 고함을 질렀다.

"뭐야? 기동이, 너마저!"

저건 보통 배신자에게 날리는 대사인데, 설마, 기동이 형도?

"미안하다."

기동이 형은 지혁이 형과 그 주위를 둘러싼 아이들을 찬찬히 돌아봤다.

"내가 유치하게 굴었다는 걸 깨달았어. 우린 더 이상 어린애가 아니야. 우리 행동에 책임을 져야 해."

"우린 책임질 준비가 돼 있어!"

"그래. 하지만 난 아니었어."

"비겁한 자식!"

지혁이 형이 튜브를 내던지며 주먹을 휘둘렀다. 기동이 형은 얼굴이 휙 돌아가며 날아가 벽에 부딪쳤다가 다시 튕겨 나왔다. 나는 기동이 형이 지혁이 형에게 달려들 줄 알았지만, 기동이 형은 벌겋게 부어오른 얼굴을 문지를 생각도 않은 채 분리파 아이들을 돌아봤다.

"지혁이 말대로 너희 모두 각자의 결정에 책임질 준비가 되어 있길 바라. 그 책임은 회사나 부모에 대한 책임이 아니야. 너희 자신에 대한 책임이야. 나중에 후회하지 않을 자신이 있다면……."

기동이 형은 말을 끝맺지 못했다. 지혁이 형이 고함을 지르며 벽을 박차고 날아간 탓이었다. 기동이 형은 피하지 않았다. 적군이 쏟아 붓는 화살들을 맨몸으로 막으려는 패장[8]처럼 그저 그 자리에 버티고 서서 두 눈을 감을 뿐이었다. 화살로 변한 지혁이 형

8 전투에서 진 장수.

을 막은 사람은 소월 누나였다.

누나는 대포처럼 돌진해 몸을 날렸다. 그 바람에 소월 누나와 지혁이 형 모두 벽에 처박혔다. 어찌나 세게 부딪혔는지 벽의 패널이 우그러질 정도였다.

기동이 형이 놀라서 두 사람을 떼어 냈다. 소월 누나는 자기 몸을 날린 사람 치고 담담해 보였다. 지혁이 형은 울고 있었다. 아파서 우는 게 아니라는 건 어린애도 알았을 것이다.

기동이 형이 지혁이 형에게 말했다.

"더 이상 미안하다고 하지 않을 거야. 너희 생각도 바뀔 테니까."

"지옥에나 떨어져."

지혁이 형이 기동이 형을 밀치고 카페테리아를 빠져나갔다. 분리파 중에 기동이 형을 유난히 잘 따랐던 아이들 세 명만 남고 나머지는 모두 지혁이 형을 따라 나갔다. 기동이 형에게 서운한 눈빛을 한껏 내비친 뒤였다.

그러나 기동이 형은 슬퍼 보이지 않았다. 착잡해하는 것 같긴 했지만 그보다는 후련한 마음이 더 큰 것 같았다.

"괜찮아?"

기동이 형이 걱정하자 소월 누나가 씩씩하게 웃었다.

"나야 늘 괜찮지."

"고마워."

"넌 소중하니까."

소월 누나는 느끼한 대사를 날리며 기동이 형의 얼굴을 어루만졌다. 지난번에 걸레로 기동이 형의 얼굴을 문지를 때와는 사뭇 다른, 아니 완전히 다른 살가움을 손에 담고서. 이상한 건 손뿐만 아니었다. 누나의 눈빛도 이상했다. 어린 시절의 내게 "누나는 우리 노민이가 젤 좋아." 하고 안아 줄 때의 눈빛과 비슷했다. 도대체 이게 어떻게 된 걸까? 더욱 이상한 건 기동이 형의 반응이었다. 입가에 수줍은 미소가 어른거리고 볼에 홍조가 든 것이다!

아이들이 두 사람을 보며 수군거리는 사이 수찬이 내 귓가에 속닥였다.

"로코물의 클리셰지. 서로를 못 잡아먹어 안달이던 두 남녀가 사랑에 빠진다."

"뭐?"

"애초에 서로에게 관심이 있었으니 다퉜다고 해야 할까."

"말도 안 돼."

"눈으로 보고도 못 믿겠냐."

"아이고, 우리 노민이 이제 낙동강 오리털 됐네. 어떡하냐."

효준이 웬일로 거울이 아닌 기동이 형과 소월 누나를 바라보다 내 어깨를 툭툭 쳤다. 오리털이 아니라 오리알이겠지. 하지만 나는 아무 소리도 못 하고 바닥으로 턱턱 밀려 내려갔다. 내 마음도 그렇게 가라앉았다.

*

　밤이 깊었지만 나는 레고도 만들지 못하고 파란도 그리지 못했다. 효준이 200년 전 밀라노 패션쇼 영상의 캣 워킹을 따라하느라 허우적거리고 있어서만은 아니었다. 소월 누나 생각에 빠진 탓이었다.

　아침에 효준이 나를 걱정한 건 농담이 아니었다. 나는 정말로 상실감을 느끼고 있었다. 마치 고전 드라마 같은 데에서 본, 엄마가 웬 산적 같은 남자를 데려와 이제부터 아빠라고 부르라고 하는 장면 속 어린아이가 된 기분이었다.

　한편으로는 소월 누나가 걱정되기도 했다. 기동이 형과 늘 그렇게 부딪치고 싸우더니 갑작스레 마음이 변한다는 게 이해가 되지 않았다. 분리파의 마음을 돌리기 위해 누나가 형을 좋아하는 척 연기를 하는 게 틀림없었다. 그러다 누나가 마음의 병이라도 걸릴까 봐 걱정이었다.

　마음이 복잡했던 나는 누나를 찾아갔다. 그런데 내가 초인종을 누르기도 전에 누나의 방문이 활짝 열렸다. 안에서는 소월 누나와 기동이 형이 놀란 얼굴을 하고 있었다. 나는 당장이라도 기동이 형에게 돌진하고 싶었다. 오늘 아침 소월 누나가 지혁이 형에게 그런 것처럼. 누나가 내게 날아오지 않았다면 정말로 그랬을 것이었다.

"노민아, 무슨 일이야?"

"물어볼 게 있어서."

"그래? 뭔데?"

나는 누나 방에서 얘기를 나눌 생각이었지만 기동이 형을 보고 마음을 바꿨다.

"광장으로 가자."

우리는 함께 광장으로 향했다. 누나는 평소답지 않게 민망해하는 얼굴을 하고 있었다. 그건 결코 연기가 아니었다.

"누나, 엘턴이 다 보고 있어."

"으응, 뭐, 갑자기 수찬이 방송이 나오고 그러더라."

방문이 갑자기 열린 게 그래서였구나. 엘턴은 남자와 여자가 단둘이 있다가 손을 잡는 것 이상으로 가까워지면 노래를 튼다든가 문을 활짝 연다든가 하는 방법으로 그 둘을 떨어지게 만들었다. 물론 내가 겪어 본 게 아니라 효준에게서 들은 이야기였다.

광장에서는 파란이 안무를 연구하고 있었다. 춤의 주제는 알 수 없었지만 틀어 놓은 곡은 어디서 많이 들어 본 곡이었다. 애절하고 애틋한 감성이 느껴지는 팝송이었다.

며칠 전에 본 영화가 파란의 마음을 자극해서 이런 곡을 고른 걸까? 파란은 곡에 맞춰서, 마치 하늘에서 뭔가가 떨어져 내리는 것처럼 팔다리를 하느작거리고 있었다.

"그래, 묻고 싶은 게 뭐야?"

소월 누나는 내 질문이 뭔지 알면서도 그렇게 물었다.

"누나, 자신을 소중히 여겨."

"그러고 있어."

"다 알아, 누나. 스스로를 희생하지 마. 보석이 형이 게임을 다 만들면 분리파는 어떻게든 넘어올 거야. 엘턴도 뭔가 계획이 있을 거고."

나는 너무 화가 나서 손이 부들부들 떨리는 것을 겨우 참고 있었다. 기동이 형이 누나를 이용하고 있다는 생각이 머리에서 가시지 않았다. 형 대신에 눈앞의 벽이라도 쳐야 속이 시원할 것 같았다. 그때, 소월 누나가 내 손을 살포시 잡았다.

"노민아, 나 진심이야. 그러니까 걱정 안 해도 돼."

"정말이야?"

그제야 누나의 얼굴을 바라봤다. 누나는 미소 짓고 있었다.

"물론 그 영화는 분리파 애들을 설득하려고 보여 준 게 맞아. 엘턴도 좋은 생각이라고 했고. 하지만 그 전에 말이야, 어떤 영화가 좋을지 고르다가 그 영화를 보는데 어느 순간 영화 속 주인공이 나와 기동이로 보였어."

소월 누나가 여전히 춤을 추는 파란에게로 시선을 던졌다.

"〈러브 스토리〉도 봤었지. 그걸 볼 때도 마찬가지였어."

누나는 파란이 틀어 놓은 곡이 비극으로 유명한 〈러브 스토리〉
의 주제가라고 했다.

"그런데 노민아, 웃긴 게 뭔지 알아? 두 주인공의 사랑이 이루
어지는 영화를 볼 때는 그렇지 않았다는 거야. 영화가 그냥 영화
로만 보였어. 그러다가 두 주인공이 영원히 헤어지는 영화를 보니
까 알게 됐어. 내가 기동이를 어떻게 생각하는지."

"그럼 기동이 형도 그 영화를 보고 누나처럼 느꼈다는 거야?"

"그랬나 봐."

누가 먼저 고백했느냐는 유치한 질문은 하지 않기로 했다. 중요
한 건 그런 게 아니었기에.

"그럼 둘이 왜 그렇게 싸운 거야?"

"글쎄, 나도 그게 궁금하더라. 그래서 엘턴한테 물어봤지."

"엘턴이 그런 얘기도 들어 줘?"

누나가 웃었다.

"당연하지. 엘턴은 모르는 게 없잖아."

"그래서 엘턴이 뭐래?"

"의식적으로는 깨닫지 못했지만 무의식적으로는 느끼고 있었던

게 아닐까, 하더라. 상대를 잃게 되면 내가 얼마나 불행해질지 말이야. 그래서 상대를 내가 있는 곳으로 끌어오고 싶었던 거지. 하지만 상대가 맘대로 움직여 주지 않아서 불안했던 거고."

"그런데 누나가 저쪽으로 간 게 아니라 형이 이쪽으로 왔네."

"내가 설득을 좀 잘 하잖아."

소월 누나가 슬며시 웃었다. 그건 나만 알아챌 수 있는 누나만의 의뭉스러운 웃음이었다. 누나를 돌려받은 것 같아서 비로소 마음이 놓였다.

"뭐라고 설득했어?"

"그 애가 좋아하는 자유를 들먹였지. 너희는 우주를 유영하며 자유롭게 살겠다고 하지만 실은 우주선에 갇혀 있는 거다, 그 안에서 할 수 있는 일은 사실 알고 보면 몇 개 되지 않는다. 하지만 보미나리에서 우리가 어떤 일들을 할 수 있는지를 생각해 봐라. 밀림을 탐험하고, 도시를 여행하고, 뜻이 맞는 사람을 모아 정치를 하고, 올림픽을 개최하고, 그러다 기동이는 우리가 보미나리에 가면 함께 가정도 이루고 아이들도 많이 낳을 수 있다는 얘기에 넘어왔어."

"엥? 정말이야?"

"응. 대평원에 딸기 농장을 짓고 그 안에서 아이들이 뛰어노는 장면을 상상해 보라고 했지. 고사리 같은 손으로 딸기를 따 먹는

아이들을 말이야. 사실 그렇잖아. 우리가 이대로 우주를 계속 날
게 되면 아이는 낳을 수 없어. 우리가 가진 자원은 한정돼 있으니
까. 그럼 세월이 지나면서 세찬미르는 낡아갈 거고 그 안에 타고
있는 우리 역시 늙어갈 거야. 그러다 끝내는 다 죽어서 텅 빈 우주
선만 남겠지. 그건 미래가 없는 세상이야. 항로를 변경한 순간부
터 죽음이라는 결말만 존재하는 세상. 하지만 보미나리는 그렇지
않아. 수많은 아이들이 태어날 거고 그 아이들이 미래를 이끌어갈
거야."

나는 누나가 평소에 아이들을 좋아하는 걸 알고 있었다. 나도
누나에게 예쁨 받는 아이들 중 하나였으니까. 예전부터 누나는 보
미나리로 가면 아이를 최소 넷은 낳을 거라고 했었다. 나니아 연
대기의 주인공들 같은 아들 둘, 딸 둘을. 그 아이들이 커서 영화처
럼 모험을 떠나면 얼마나 멋지겠느냐고.

그런데 기동이 형도 비슷한 생각을 하고 있었다고? 그 형이 그
럴 줄은 꿈에도 몰랐다. 평소 형처럼 쌈닭 기질이 있는 아이들은
형을 잘 따랐고 형도 아이들을 살갑게 챙겼지만, 나는 형이 그러
는 게 대장 노릇을 하고 싶어서라고 생각했지 그 아이들을 사랑하
는 마음으로 그러는 줄은 상상도 못 했다.

"기동이 형, 의외네."

소월 누나가 고개를 저었다.

"기동이는 외로운 애야. 은근히 정도 많고. 기동이는 엘턴의 사랑을 독차지하지 못하는 것과 엄마아빠의 사랑을 맘껏 받고 자라지 못한 것에 대한 결핍이 있어. 1기 중에 그런 애들이 많아. 너희에게는 우리가 있었지만, 우리는 아니었잖아."

"이해해. 그런데 도경 누나랑 지혁이 형은 아닌가 봐. 아이도 낳지 말고 그냥 이대로 살자고 그러는 걸 보면."

소월 누나는 또 고개를 저었다.

"걔들도 마찬가지야. 다들 뭔가가 결핍돼 있어. 하지만 결핍을 해결하는 방법이 엉뚱한 방식으로 표현된 거지."

"어떻게?"

"더 이상 자라지 않는 방식으로."

더 이상 자라지 않는 방식이라고? 이해가 가지 않았다. 누나를 빤히 바라보자, 누나가 서글프게 웃었다.

"결핍을 안은 채로 어른이 되기 싫은 거야. 어른이 되면 뻥 뚫린 구멍에 아무것도 채우지 못한 채로 뚜껑을 닫아야 하니까. 그럼 그 뚜껑 틈으로 새어들어오는 쓸쓸한 바람소리를 평생 듣고 살아야 하잖아. 그래서 막연히, 이대로 계속 남아 있으면 언젠가는 구멍이 메워질 거라는 믿음으로 저러고 있는 거야. 뚜껑을 열어놓으면 그 틈으로 바람이 샐 일이 없을 테니까."

"누나 말은 그러니까, 그 둘이 피터팬증후군에 걸렸다는 거

네?"

"맞아. 웬디를 따라 현실로 가기를 거부하고 네버랜드에 남은 피터팬."

"어른이 되기를 거부하는 피터팬?"

"그렇지. 현실의 무게를 감당하지 못해 도망가려는 거야. 난 아이 시절을 제대로 누려 보지도 못 했는데 벌써 어른이 되라는 거냐면서 말이야. 결국엔 보미나리에 내려가서 해야 할 일들을 상상하니 막막한 거지. 그러다 보니 테라포밍이 비윤리적이라는 생각에 집착하게 된 거고."

"그럼 지금까지 분리파가 한 얘기들이 다 핑계라는 거야?"

"진심 반, 핑계 반."

결국 초반에 수찬이 한 말이 맞았던 건가? 그냥 일하기 싫어서 징징대는 거라고? 하지만 나는 의구심이 들었다.

"누나, 그 두 사람이랑 얘기해 봤어?"

"아니. 사실 이것도 엘턴의 생각이야."

"그래?"

"엘턴은 우리가 못 보고 못 듣는 것도 다 보고 듣잖아. 도경이랑 지혁이가 나누는 대화를 듣고 걔들의 생각이랄까 심리를 유추한 모양이야."

내 시선은 다시 파란을 향했다. 파란은 같은 노래를 반복 재생해 놓고는 몸을 둥글게 말았다 회전하고 다시 몸을 펴는 동작을 반복하고 있었다. 파란이 입고 있는 하얀 트레이닝복 때문인지 마치 눈덩이가 구르는 것 같았다.

나는 당장이라도 엘턴에게 달려가 묻고 싶었다. 파란은 도대체 무슨 생각을 하는 거냐고. 그럼 파란도 피터팬증후군에 걸린 거냐고.

"조만간 보석이가 랜드 러시를 발표할 것 같아."

누나의 말에 나는 파란에 대한 생각에서 빠져나왔다. 보석이 형의 게임은 나뿐 아니라 많은 아이들이 기다리고 있었다.

"기대된다."

나는 파란을 바라보며 가슴이 뛰는 것을 느꼈다. 파란도 나와 같은 이유로 가슴이 뛴다면 얼마나 좋을까?

*

이틀 뒤, 랜드 러시의 제작 완료 소식이 발표됐다. 수업이 다 끝난 후 체력단련을 앞둔 늦은 오후였다.

아이들은 체력단련 시간 내내 그 얘기만 떠들었다.

"너는 무슨 땅 할 거야?"

"나 가녀리 선상지."

"뭐? 나도 가녀리 선상지 할 건데, 어떡해!"

"그게 문제가 아냐. 나 토끼 좋아하잖아. 근데 만약 가녀리 선상지 상징 동물이 토끼면 어떡하지?"

"어떡하긴, 쥐라고 생각하고 잡아야지."

"어떻게 그래? 난 못 해."

"그럼 가녀리 선상지는 내 거다!"

자신이 쟁취한 땅 위를 걸으려면 운동을 열심히 해야 한다는 사실은 뒷전이었는지 다들 운동은 하는 둥 마는 둥이었다.

체력단련 시간이 끝나자 우리는 서둘러 게임 룸으로 향했다. 광장에서 파란이 춤을 추려고 몸을 풀고 있었지만 그걸 보려고 남은 애들은 채 다섯 명도 되지 않았다. 나는 거기 끼고 싶은 마음 반, 빨리 게임을 해 보고 싶은 마음 반이었다. 어쩔 줄 몰라 주저하고 있자 수찬이 내 팔을 끌어당겼다.

"이러고 있을 때가 아냐. 빨리 룰을 파악해야 한다고!"

수찬의 말이 맞았다. 파란을 배신하는 것 같아 미안했지만 출발부터 뒤쳐져 원하는 땅을 빼앗길 수는 없었다. 그저 먼 훗날 파란이 내 깊은 뜻을 알아주길 바랄 수밖에.

내가 원하는 땅은 커다란 호숫가나 바닷가의 단단한 땅이었다. 수영을 좋아하는 파란을 초대할 수 있는 곳이면서 전 세계인이 파란의 춤을 볼 수 있도록 커다란 공연장을 설치할 수 있는, 지반이

평탄하고 단단한 땅이어야 했다.

우리는 VR 장비를 장착하고 게임 속 세상으로 들어갔다. 그곳은 우리의 상상을 넘어선 곳이었다. 단순히 사자나 토끼 같은 동물들을 사냥하는 것으로만 생각했는데 그보다 훨씬 풍부하고 정교한 몹들이 우글거리고 있었다.

게임 속 동물들은 이 세상에 존재하지 않는 모습을 하고 있었다. 고드름 뿔을 달고 있는 얼음 산양이라든가, 근방 5미터 안의 모든 것을 불태우는 화염을 일으키는 호랑이라든가, 코로 산탄총을 쏘아대는 코끼리 같은 것들.

보미나리의 각 구역을 상징하는 동물들의 개체 수는 구역 당 100마리로 정해져 있었다. 자신이 원하는 구역을 차지하려면 보미나리 착륙 전까지 그 구역을 상징하는 동물을 가장 많이 잡아야 했다. 예를 들어 북위 60도의 배마고원을 차지하려면 얼음 산양을, 적도 근방의 마침달 평야를 갖고 싶다면 불타는 호랑이를, 남위 20도의 오솔 구릉을 노린다면 총 쏘는 코끼리를 그 누구보다 많이 잡아야 하는 것이다.

세부 규칙은 다음과 같았다. 플레이어가 동물을 잡으면 플레이어의 인벤토리[9]에 해당 동물카드가 저장되고 개체 한 마리당 금화

---

9 플레이어가 게임에서 얻은 아이템들을 보관하는 장소.

열 개가 지갑에 쌓인다. 다른 플레이어와 연합해서 동물을 잡으면 카드와 금화를 똑같이 나눠 갖게 된다. 우리는 자신이 잡은 동물카드를 다른 사람이 잡은 동물카드와 바꿀 수도 있고, 금화로 동물카드를 살 수도 있었다. 경쟁뿐 아니라 협업과 거래도 가능한 것이다.

그밖에도 중요한 규칙은 다른 플레이어를 공격하면 안 된다는 것이었다. 그런 일이 벌어지는 즉시, 공격한 사람이 모은 동물카드는 공격받은 사람에게로 넘어갔다. 그리고도 공격을 멈추지 않으면 금화를, 그 다음에는 인벤토리에 남은 아이템을 전부 넘겨줘야 했다. 한편, 플레이어가 사냥 중에 죽으면 그가 그때까지 잡았던 동물이 되살아나 다른 플레이어가 잡을 수 있었다.

내가 눈여겨본 땅은 남위 36도의 커다란 호수를 끼고 있는 아늑평야였다. 그 땅의 상징 동물은 호수에서 살고 있는 베르눔사우르스였다. 그것은 중생대 수장룡[10]처럼 생겼는데 20미터에 달하는 스프링 형태의 목을 순식간에 늘려서 플레이어를 잡아먹는 특기를 갖고 있었다. 따라서 베르눔사우르스가 물에서만 산다고 방심은 금물이었다.

또 관심 가는 땅은 남반구의 어느 대양 가운데에 위치한 큰물군

---

10 중생대 때 살았던 수생 파충류.

도였다. 그 땅의 상징 동물은 블라인드 윙이라는 새로, 온몸이 하얀 깃털로 뒤덮였는데, 그것이 플레이어의 공격을 감지하고 날개를 활짝 펼치면 눈이 부실 정도로 환한 빛이 뿜어져 나온다는 설정이었다.

그럴 경우 플레이어는 눈앞이 하얘지는 것을 속수무책으로 바라봐야 했다. 아니면 마구잡이로 탄환을 날리든가. 겨우 눈을 뜰 수 있게 되면 새는 높은 확률로 달아나고 없거나, 낮은 확률로 탄환을 맞고 쓰러져 있거나 둘 중 하나였다.

우리가 처음에 선택할 수 있는 무기는 소총, 석궁, 마체테[11]가 전부였다. 하지만 동물을 잡고 얻은 금화를 쓰면 그보다 다양한 무기를 살 수 있었다. 무기 상점에 진열된 것은 독침, 그물, 장거리 저격 소총, 수류탄, 덫, 올가미, 화염방사기 등 보다 다양했다.

게임에 빠져 있던 우리는 저녁 시간이 다 된 줄도 몰랐다. 여기저기서 꼬르륵 소리가 울렸지만 저녁을 거르고 싸우겠다는 아이들이 많았다.

"저녁을 먹지 않으면 아침도 주지 않겠습니다."

언제 온 건지 엘턴이 나타나서 엄하게 말했다.

"어차피 정해진 게임 시간은 하루 두 시간입니다. 이제 시간이

---

11 정글에서 벌목할 때 쓰는, 일반 단도보다 날이 길고 넓고 두꺼운 칼.

다 됐습니다."

그 말을 끝으로 게임 룸이 셧다운 됐다. 아이들은 아쉬움에 탄성을 지르며 VR 장비를 벗었다. 우리를 바닥에 붙어 있게 만든 신발 바닥의 자성도 껐다. 모두가 각자의 기분처럼 붕 뜬 채로 게임 룸을 나섰다.

카페테리아에 도착한 우리는 게임 얘기에 여념이 없었다. 게임 룸에서는 게임에 집중하느라 얘기를 거의 나누지 못한 까닭이었다.

"노민아, 너는 뭐 잡는다고 했지?"

"1순위는 베르눔사우르스고 2순위는 블라인드 윙. 너는? 그린 무스?"

"그리너리 무스. 그거 한 놈만 노리려고."

그리너리 무스는 온몸에서 두꺼운 나뭇잎이 돋아난 말코손바닥사슴으로, 수찬이 노리는 튼튼분지의 상징 동물이었다.

"효준아 너는? 계속 맘을 못 정하더니 어떻게 했어?"

"일단 닥치는 대로 잡았어. 나중에 맘에 드는 땅이 생기면 경매 올리려고."

"그럼 각자 열심히 잡으면서 서로의 동물도 눈에 띄면 잡아 주는 거 어때? 나도 그렇게 할게."

수찬이 제안했다.

"당연하지!"

"나도 그렇게."

우리는 그렇게 길드를 형성했다.

다들 왁자하게 떠드는 그곳에서 나는 '베르눔사우르스'라는 이름이 자주 오르내리는 것을 들 수 있었다. 내가 노리는 땅을 다른 애들도 꽤나 노리고 있는 모양이었다.

당연한 말이겠지만 인기가 많은 땅일수록 상징 동물을 잡기가 힘들고, 인기가 없는 땅일수록 잡기가 쉬웠다. 이를 테면 동경 78도의 가꿀사막의 상징 동물은 양 귀가 축음기처럼 생긴 여우인데 할 줄 아는 공격이라 봐야 귀에서 굉음을 내지르는 정도라 헤드셋의 볼륨을 줄이면 그만이었다.

어떻게 하면 베르눔사우르스의 장거리 공격을 피하면서 근거리 공격에 성공할까. 열심히 고민하던 그때, 파란의 얼굴이 눈에 들어왔다. 광장에서 언제 돌아왔는지 여진과 채선과 함께 저녁을 먹으며 이야기를 나누고 있었다.

이야기가 흥미진진한지 파란은 손에 든 튜브도 잊고 귀를 기울이고 있었다. 그러다가 여진이 무슨 얘기를 했는지, 고개를 갸웃했다가 살랑살랑 젓기도 했다. 기분 탓일까, 파란의 표정이 조금 서글퍼 보였다.

또다시 엘턴에게 달려가고 싶은 마음이 들었다. 엘턴은 지금 파란이 무슨 얘기를 나누고 있는지 알 테니까. 어떻게 하면 파란이 게임을 하게 만들 수 있는지도 엘턴은 알 것 같았다. 아니, 어쩌면 엘턴은 이미 시도하고 있을 것이다. 정말로 어떻게 해야 하는지 안다면.

일단은 여진과 채선을 믿어 보기로 했다. 그 애들이 하는 얘기를 들으면 아무리 파란이라도 게임을 하지 않고는 못 배길 테니까. 그러면 분명 파란도 보미나리로 내려가고 싶어질 거였다.

*

이제 보석이 형 머리 위에는 홀로그램 왕관이 떠다니지 않았다. 하지만 형의 얼굴은 환했다. 게임이 성공리에 론칭했으니 그럴 수밖에.

"오빠, 게임 진짜 재밌어!"

"이렇게 멋진 게임은 처음이야!"

"천재 같아, 형!

사실 예전에 해 본 사냥 게임과 비교하면 더욱 재미있다거나 훨씬 멋지다거나 정말로 천재적이지는 않았다. 하지만 기껏 가상 코인이나 푸드 프린터에서 코코아를 마실 때 쓸 수 있는 포인트를 얻는 것과 달리 이 게임은 훨씬 가치가 높은 실물, 즉 땅을 얻을 수 있었다.

한편으로는 보석이 형과 형을 도와서 게임을 만든 아이들이 게임에 유리한 전략을 알 거라 믿는 아이들이 한둘이 아니었다. 형을 비롯한 개발자들이 운영자 계정으로 접속해 자기 지갑에 금화를 잔뜩 넣어 놓는다든가, 알려지지 않은 버그를 이용해서 잡기 힘든 동물을 손쉽게 잡는다든가 할지도 모른다고 생각했고, 그래서 보석이 형에게 들러붙는 아이들이 많았다. 팁을 하나라도 얻어 보려는 거였다.

"나도 너희랑 똑같아. 베타 테스트까지만 해 보고 엘턴한테 다 넘겼어."

"그럼 엘턴이 운영자란 말이야?"

"그래야 공평하지."

"그래도 형이 만든 게임인데 아는 게 있겠지."

"알아도 말 못 해. 엘턴이 경고했어. 내가 입을 여는 순간 내 금화는 없다고."

"심하다."

"그리고 우리 개발자들은 너희처럼 능력치도 많이 못 올려. 사냥에 성공한다 해도 얻는 금화도 적고."

"정말?"

"응, 그래야 공평하대."

우리는 엘턴의 철두철미함에 놀랐다. 그렇게까지 해야 하나 싶

140 너는 스노볼 속에

었지만, 다시 생각해 보면 고개가 끄덕여졌다. 그러지 않을 경우 뒷말이 나올지도 모르니까. 아니, 무조건 나올 것이다. 개척이 끝나고 땅이 배분되는 그날은 물론, 후손들이 그 땅을 물려받을 먼 미래에도. 그렇게 생각하면 엘턴의 결정은 옳은 것이었다.

보석이 형의 얼굴에서 웃음이 떠나지 않는 반면, 지혁이 형과 도경 누나 얼굴에는 침울한 그늘이 드리워져 있었다. 자신들을 따르는 아이들 중 파란을 제외한 나머지 아이들이 전부 게임에 뛰어들었으니 당연한 일이었다.

그 아이들은 호기심과 부러움에 게임을 시작했지만 이제는 여느 아이들 못지않게 열심이었다. 말로는 궁금해서 잠깐만 해 보는 거라고 했지만 언제 잔존파로 넘어올지 알 수가 없었다.

도경 누나는 아침은 물론 점심과 저녁도 거를 때가 많았다. 수업에 빠질 때도 많다고 소월 누나가 알려 줬다.

"지혁이만 죽어나고 있지. 애들 설득하랴, 도경이 챙기랴. 걔네 둘 싸우는 모습도 목격된 거 알아? 조만간 헤어질지도 모르겠어."

소월 누나가 씁쓸하게 말했다.

"누나는? 기동이 형이랑 문제없는 거지?"

"당연하지. 이것 봐라."

누나가 수줍게 자랑하며 뭔가를 내밀었다. 딸기 모양의 머리핀이었다.

"날 생각하며 만들었대. 예쁘지?"

다섯 살짜리나 좋아할 물건을 들고 흐뭇해하는 소월 누나가 이해되지 않았다.

"아이유를 생각한 게 아니고?"

"노민이 너!"

누나가 예쁘게 눈을 흘겼다. 나는 짓궂게 웃고는 조심스럽게 물었다.

"게임은? 잘돼 가?"

"그럭저럭. 너는?"

"나도."

누나와 나 사이에서는 말없이 눈치만 오갔다. 기동이 형이 원하는 땅이 바로 내가 노리는 아늑평야인 까닭이었다. 그래서 나는 효준이와 수찬에게조차 내가 베르눔사우르스를 어떻게 잡았는지 말해 주지 않았다. 그 아이들이 소월 누나에게 정보를 흘려 결국 기동이 형도 알게 될 것 같았기 때문이다.

소월 누나가 공략하는 땅은 아늑평야 옆의 내흘산이었다. 나는 호수가 있고 지반이 단단하다는 이유로 아늑평야를 골랐지만, 기동이 형은 내흘산과 붙어 있는 평원이라는 이유로 그곳을 골랐다.

내흘산은 반도라서 아늑평야 말고는 인접한 땅이 없었다. 따라서 기동이 형은 무슨 일이 있어도 그 땅을 차지하려고 할 것이다.

직접 몸을 움직여야 하는 게임이기에 운동 신경이 약한 나는 형에 비해 불리했다.

차라리 아늑평야 말고 큰물군도를 노리는 게 나을까? 하지만 그곳도 인기가 많기는 마찬가지였다. 테라포밍이 다 끝나면 멋진 산호초 섬으로 태어날 테니까. 섬은 그 자체로도 아름답지만 관광 자원으로서도 큰 가치를 지니게 될 것이었다.

늦은 저녁이 되었다. 나는 〈세찬미르 찬찬찬〉을 틀어 놓고 스마트패드로 채팅을 했다. 며칠 사이에 '#랜드러시' 해시태그를 단 채팅방이 우후죽순 생겨났다.

나는 도움이 될 것 같은 채팅방에 모조리 들어가 정보를 모으는 중이었다. 누가 무슨 무기로 뭘 잡았다더라, 누가 오늘 어디서 무슨 동물을 마주쳤다더라, 누구랑 누가 아이템을 맞바꿨다더라, 하는 이야기들이었다.

그 말들 속에는 진실도 있었지만 거짓도 있었다. 우리는 자신에게 유리한 정보는 숨기고 필요하지 않은 정보를 흘리면서, 그리고 가끔은 뻥도 치면서, 인트라넷을 돌아다니는 이야기의 파편 속에서 뭐라도 건지려고 용을 썼다.

「총으로는 베르눔사우르스 못 잡아. 도끼로 목을 한번에 쳐야 해.」

「그리너리 무스는 동굴에 가두고 사흘 이상 굶겨야 죽는데.」

「블라인드 윙? 메가 샷건 한 발이면 갈기갈기 찢어져.」

어느덧 나는 게임을 하는 게 아니라 진짜 사냥꾼이 된 것 같은 착각에 빠졌다. 작살로 오리의 목을 꿰고, 고래의 뱃속에 수류탄을 던져 넣고, 산양에게 화염방사기를 쏘아대면서 스릴을 만끽하고 있었던 것이다.

문득 지독한 피로감이 느껴졌다. 머릿속을 거친 사포로 문지른 느낌이었다. 화면에서 눈을 떼고 〈세찬미르 찬찬찬〉에 귀를 기울였다. 그건 이제 게임 방송이나 마찬가지였다. 수찬이 떠들어대는 말들은 채팅방 속 파편들과 다를 것이 없었다.

「플레이밍 타이거를 공격하겠다고 물을 뿌리면 물이 빠르게 기화돼서 그 뜨거운 수증기 때문에 화상을 입게 될 수도 있다는 사실, 아셨습니까?」

뭔지는 모르겠지만 뭔가가 왈칵 터질 것만 같았다. 기분 전환이 필요했다. 나는 방을 나가 광장으로 향했다. 파란이 그리웠다. 이 모든 소란에서 한 발 떨어져서 세상을 관망하는 초연한 눈동자를 보고 싶었다.

파란은 광장에 있었다. 이 시간이면 거의 늘 그렇듯 혼자였다. 스마트패드로 음악은 틀어 놓았으나 어쩐지 조용했다. 파란은 춤을 추지 않고 웅크린 채로 허공에 떠서 현창舷窓을 내다보고 있었다.

현창 밖으로 보이는 것은 보미나리의 태양인 해누리였다. 20억 년이라는 과거의 세월은 물론 앞으로 다가올 60억 년 동안 보미나리에게 에너지원이 되어 줄 어머니 같은 존재이자, 우리가 아침마다 눈을 뜨고 우러러볼 신과 같은 존재.

아직 멀리 떨어져 있는 해누리는 작고 밝았다. 어찌나 밝은지 이 먼 거리에서도 눈이 부셨다. 레이저 포인터로 이쪽을 비추는 것 같았다.

근처 어딘가에 보미나리가 있겠지만 여기서는 보이지 않았다. 눈이 부셔서 못 보는 것일 수도 있었다. 아니면 보미나리가 해누리의 빛 속에 숨어서 우리가 못 보고 지나치기를 바라고 있거나. 우리가 곧 자신의 산천을 마구 파헤치고 이제껏 없던 벌레들을 풀어 놓을 것을 아니까 말이다.

그때 소월 누나의 목소리가 들려오는 듯 했다.

'노민아, 보미나리는 수줍어하는 거야. 하지만 우리가 오기를 기다리고 있어. 지난 20억 년 동안 외로웠을 테니까. 우린 보미나리를 망치지 않아. 조상들에게 많은 것을 배웠잖아. 보미나리와 우리는 함께 살아갈 수 있어.'

나도 모르게 고개를 끄덕였다. 우린 할 수 있다고. 하지만 이내 고개를 저었다. 파란이 없으면 그게 다 무슨 소용이냐고.

파란의 얼굴이 보고 싶었다. 그러면 무슨 생각을 하고 있는지 조금이라도 알 것 같았다. 한 번 말을 걸어 볼까. 너는 왜 게임을 하지 않느냐고. 너에게는 춤이 그렇게도 소중하냐고.

인기척을 느꼈는지 파란이 내 쪽을 돌아봤다. 저절로 고개가 숙여졌다. 그 애를 몰래 바라보고 있다는 사실을 이렇게 들키고 싶지 않았는데. 나는 핸드레일을 밀며 그곳을 빠르게 떠났다.

*

일이 터진 것은 그 다음주, 수업이 끝난 직후였다. 사실 사건은 그 전에 이미 벌어졌다. 전날 밤, 도경 누나와 지혁이 형이 크게 싸웠다. 도경 누나 방 근처의 아이들이 다 들었을 정도였다.

두 사람이 싸운 이유는 뻔했다. 지혁이 형은 그만 포기하자 했고, 도경 누나는 너나 포기하라고 했다. 지혁이 형은 이제 지쳤다며 누나의 방을 나왔고, 누나는 형의 등에 대고 겁쟁이라고 외쳤다.

분리파가 와해되나 싶었지만 도경 누나는 포기하지 않고, 우리가 수업을 듣는 동안 끔찍한 일을 저질렀다. 엘턴은 수업 내내 차분한 얼굴로 우리를 가르치는 한편 도경 누나의 일을 수습하려 애썼다.

사건은 바로, 도경 누나가 배양실을 점거한 것이었다.

누나는 그날 아침 카페테리아에 나타나지 않았다. 엘턴이 열 개도 넘는 홀로그램으로 나타나 누나를 360도로 에워싸고 경고를 하는데 수업에도 들어가지 않았다.

수업 대신 누나가 들어간 곳은 배양실이었다. 누나는 원래 배양실의 정비를 담당했으므로 엘턴은 누나가 거기에 들어가도 별로 의심하지 않았다. 그저 수업에 들어가라고 잔소리를 퍼부을 뿐이었다.

누나는 문이 닫힌 걸 확인한 뒤 배양기를 수리할 때 쓰는 공구 상자를 꺼냈다. 그러고는 출입문의 자동 개폐 장치를 스패너로 내려쳐서 부순 다음 용접기로 출입문과 문틀을 용접해 버렸다.

기동이 형이 레이저 절단기로 문을 절단하자고 했지만 엘턴이 허락하지 않았다. 도경 누나 스스로 그곳을 나와야 한다는 것이었다. 엘턴은 지혁이 형을 배양실 앞 복도로 불렀다. 형은 배양실 문을 멍하니 바라보기만 했다.

"전 이제 도경이한테 아무것도 아닌 걸요. 그런 제가 뭘 할 수 있겠어요."

형의 말은 반대로 들렸다. 도경인 이제 저한테 아무것도 아닌걸요. 그런 애한테 제가 왜 굳이 애를 쓰겠어요.

엘턴은 우리에게 각자의 방으로 돌아가라고 일렀고, 그곳에는 지혁이 형 혼자 남았다.

"저렇게까지 발악해서 남는 게 뭘까?"

수찬이 어이가 없다며 고개를 절레절레 저었다.

"자존심?"

효준이 나른한 동작으로 머리를 쓸어 올렸다. 170년 전 유행했던 남성복 광고를 주구장창 보더니 그걸 흉내 내는 거였다. '남자의 자존심' 어쩌고 하는 유치한 광고였다. 쓸려 올라간 효준의 머리는 그대로 붕 떠서 효준이 움직일 때마다 촉수처럼 흔들렸다.

"도경인 스스로를 가둔 거야."

소월 누나가 말했다. 누나의 얼굴은 약간의 승리감과 그걸 덮을 만큼 깊은 서글픔으로 물들어 있었다.

"아무것도 몰랐던 태아 시절로 돌아가고 싶은 거지. 아니면 아예 그전의 무無의 상태로."

무서운 생각이 떠올랐다.

"설마 도경 누나가 배양기를 부수지는 않겠지? 저 안에서 자살을 한다거나?"

"왜 그런 생각을 하는 거야?"

"자신뿐 아니라 자신과 같은 운명에 처한 50명의 태아를 무의 상태로 되돌리기 위해서."

배양실 창문 안을 들여다봤을 때, 도경 누나는 여전히 커다란 스패너를 들고 있었다. 그 상황에 배양기를 정비하려는 건 물론 아닐 터였다.

"자기가 그럴 수 있다고 시위하는 것처럼 보이긴 하네."

소월 누나가 한숨을 쉬고 덧붙였다.

"하지만 엘턴이 내버려둔 걸 보면 그렇게까진 안 할 거라고 판단한 게 아닐까?"

"도대체 뭘 믿고……."

"도경이가 애초에 항로를 바꿔야한다고 생각하게 만든 그 믿음이 여전할 거라고 믿는 거지."

그건 자연에 대한 존중이자 우리가 지켜야 할 윤리였다. 우리의 조상들이 무시하는 바람에 우리가 이 먼 길을 날아오게 된 바로 그 존중과 윤리. 배양기 속 태아들은 어떻게 만들어지고 태어나든 자연의 일부였다. 도경 누나 자신도 마찬가지이고 말이다. 그럼에도 나는 불안했다.

"모르지. 사람이 미치면 무슨 짓을 할지 몰라."

"미치지 않았어."

묵묵히 소월 누나를 따라오던 기동이 형이 툭 뱉었다. 목소리는 크지 않았지만 나를 향한 눈빛이 매서웠다.

"노민이 넌 도경이가 미친 게 아니라면 도대체 왜 저러는 거냐고 묻고 싶겠지. 도경이는 스스로 납득하고 싶어서 저러는 거야. 어릴 때부터 뭐든 끝장을 봐야 직성이 풀리는 애였으니까."

그래도 태아들을 볼모로 저러면 안 되는 거였다. 저러다 배양기나 배양액에 문제라도 생기면 돌이킬 수 없게 되니까.

내가 그렇게 말하려고 입을 떼는 순간, 소월 누나가 눈빛으로 막았다. 나는 그제야 내가 누굴 상대하려 하는지를 깨달았다. 세찬미르의 소문난 쌈닭, 기동이 형이었다.

형과 맞붙으면 뼈도 못 추릴 게 뻔했기에 입을 다물었다. 대신 다짐했다. 아늑평야는 반드시 내가 차지하고 말겠다고. 어차피 파란에게 그 호수를 보여 줄 가능성은 미지수에 가까워졌다. 호수가 계륵과도 같은 존재가 되더라도 나는 아늑평야를 아무에게도 내어 주지 않을 작정이었다. 누나와 형의 사랑을 방해할 생각은 아니었지만, 형을 열받게 만들 수 있다면 그걸로 족했다.

*

도경 누나가 배양실을 점거한 지 사흘이 지났다. 나를 포함한 몇몇 아이들이 걱정한 것처럼 누나가 스스로를 해치거나 배양기를 부수는 일은 일어나지 않았다. 하지만 누나는 여전히 스패너를 놓지 않았고, 때로는 스패너 쥘 힘도 없는지 스패너를 놓치고는 잡으려고 허우적대기도 했다. 스스로를 감금한 동안 먹은 게 없으니 그럴 만도 했다.

화장실도 없는 곳에서 볼일은 어떻게 해결하고 있는 걸까? 엘턴 말고는 아무도 몰랐다. 강제로 문을 열지 않는 걸 보면 어쨌거나 배양실이 오염되지 않게 누나가 잘 처리하고 있는 모양이었다. 하긴 먹는 게 없으니 나오는 것도 없을 거라고 우리끼리 결론지었다.

이제 배양실 앞에는 지혁이 형도 없었다. 도경 누나를 설득하려는 노력을 조금도 하지 않자 엘턴은 형을 돌려보냈다. 그 이후로 배양실 앞 복도는 엘턴이 붉은 테이프로 가로막아 놓아서 아무도 가까이 갈 수가 없었다.

엘턴은 도경 누나가 포기하고 스스로 나오기를 기다릴 셈인 것 같았다. 아니면 누나가 아사하기 직전 강제로 문을 열고 들어가든가.

도경 누나와 관계없이 우리의 일상은 평소대로 흘러갔다. 내 경우는 평소보다 잘 돌아갔다. 베르눔사우르스를 물리칠 방법을 생각해 낸 것이다. 수찬과 효준이 도와주면 성공할 수 있었다. 두 녀석은 기동이 형을 열받게 만들자는 내 제안을 흔쾌히 받아들였다.

지난 사흘 간, 우리는 잡을 수 있는 동물들을 족족 잡아서 금화를 잔뜩 모았다. 그걸로 수중 부스터와 잠수 장비를 산 다음, 모두 잠든 이른 새벽에 게임 룸에 모였다.

"기동이 형은 자고 있겠지?"

"그럴 거야. 아침마다 지각하잖아."

"좋아, 해 보자."

우리는 잠수부가 되어 호수 속으로 뛰어들었다. 가상현실에서 헤엄을 치는 건 VR 장비와 연동된 신발의 자성을 끄면 간단히 할 수 있었다.

대부분의 동물들은 구역을 가리지 않고 출몰했지만 베르눔사우르스는 아늑호수에만 살았다. 그게 이 동물의 약점이자 강점이었다. 물 밖으로 나오지 못하는 대신에 싸우기 귀찮거나 불리해지면 물속에 숨어서 나오지를 않는 것이다. 답답하면 너희가 들어와, 하는 것처럼 말이다. 그 유혹을 맨몸으로 따르는 건 자살 행위나 다름없었다. 베르눔사우르스는 유선형의 몸을 이용해 물속을 자유자재로 움직이니까.

우리는 그 점을 이용하기로 했다.

물속은 어두웠다. 우리는 헬멧에 부착된 라이트를 켰다. 그렇게 하면 시야도 확보되고 빛이 베르눔사우르스의 호기심을 자극할 것이었다.

"진짜 깊다."

"그러게. 이런 것까지 신경을 썼네."

"저기 좀 봐. 난파선도 있어."

난파선 주위에는 해골들이 흩어져 있었다. 그 모습을 보니 모골이 송연해졌다. 우리는 아이템을 잃고 저 해골들처럼 이곳에 남지 않길 바라며 그 옆을 지났다.

한참을 돌아다녔지만 베르눔사우르스는 나타나지 않았다. 물속에 들어온 지 벌써 30분이 지나 있었다. 초조해졌다. 다른 아이들이 깨기 전에 베르눔사우르스를 잡아야 하는데. 우리가 잠수 장비를 장착하고 물 밖으로 나오는 모습을 보면 다들 우리의 전략을 알아챌 것이다.

이런 생각을 하며 하염없이 검은 물속을 돌아다니는 그때, 물살의 일렁임이 느껴졌다. 잠수용 헬멧에 장착된 레이더가 무언가를 감지했다. 커다란 동물이 빠르게 다가오고 있었다. 두 마리, 세 마리, 아니 무려 열두 마리나 됐다. 가슴이 미친 듯이 뛰기 시작했다.

"오고 있어. 모두 흩어져!"

우리는 신발 부스터를 작동시키고 사방으로 흩어졌다. 레이더로 보니 베르눔사우르스들이 우리를 따라 흩어지고 있었다. 손바닥에 땀이 났다. 아무리 가상현실이라 해도 이건 내 목숨을 건 작전이었다. 그러니 반드시 성공해야 했다.

베르눔사우르스 한 놈이 달려들어 내 다리를 물려고 했다. 나는 재빨리 방향을 바꿔 다시 부스터를 작동시켰다.

"지금이야!"

내 목소리를 신호로 수찬과 효준도 방향을 바꾸고 부스터를 작동시켰다. 수찬과 효준의 헤드램프 빛이 이리저리 돌아다니는 모습이 눈에 들어왔다. 내가 발하는 빛도 수찬과 효준의 눈에 그렇게 보일 것이었다.

게임은 세심하게 설계돼 있었다. 물의 저항이 그만큼 거셌다는 뜻이다. 우리가 선내에서 장난을 치며 휙휙 날아다니는 것과 가상의 물속을 돌아다니는 것은 완전히 달랐다. 흡사 거대한 손바닥이 온몸을 짓누르는 기분이었다. VR 수트가 쓸 데 없이 성능이 좋은 까닭이었다.

나는 그나마 다행이었다. 수찬과 효준보다 작고 말라서 내가 느끼는 저항은 조금 덜했기 때문이다. 어쨌든 내가 주도해야 하는 사냥이니 나는 기를 쓰고 유영했다. 물론 아무렇게나 날아다닌 게 아니라 베르눔사우르스들과 적당한 거리를 유지하면서 그들을 유인했다. 지그재그로, 나선형을 그리며, 때로는 무작위로. 다른 아이들 몰래 방에서 연습한 움직임대로였다.

"너무 어지러워!"

"나도! 토할 것 같아."

빈속에 게임을 하길 다행이었다.

또 다행인 것은 베르눔사우르스들이 그리 머리가 좋지 않다는 사실이었다. 베르눔사우르스들은 스프링 목이 늘어나는 것도 모르고 우릴 쫓았다. 얼마 지나지 않아 그들의 목이 마치 엉망으로 해 놓은 실뜨기처럼 엉켜버렸다.

"됐어! 성공이야!"

"나 좀 살려줘!"

효준의 외침이 들렸지만 도통 어디에 있는지 알 수가 없었다. 레이더를 살펴보니 전방 100미터쯤에 효준이 있었다. 움직임이 없는 걸로 보아 베르눔사우르스에게 물린 게 분명했다.

"내가 갈게!"

잽싸게 효준에게 날아갔다. 아니, 그러려고 했다. 그러나 물의 저항이 어찌나 거센지 생각만큼 빨리 나아갈 수가 없었다. 거대한 벽을 뚫는 드릴이 된 느낌이었다.

가까스로 효준에게 가보니 효준은 베르눔사우르스에게 물린 게 아니었다. 놈들의 목이 꼬이면서 그 사이에 효준의 다리가 끼어 버린 것이다. 그걸 끊으려고 효준이 마구 휘두르는 레이저 빔이 위험천만한 곡선을 그렸다.

"효준아, 멈춰! 그러다 내가 잘리겠어!"

불행 중 다행으로 베르눔사우르들은 목이 꼬여서 움직임이 빠르지 않았다. 효준이 휘두른 절단기에 다쳤는지 군데군데 상처가 나 있기도 했다.

"내가 구해 줄게. 조금만 버텨!"

꼬여 있는 목들을 레이저 절단기로 조심스레 잘랐다. 베르눔사우르스들이 펑펑 터지며 금화로 변하더니 내 지갑으로 고스란히 들어왔다. 그때 효준의 레이저 빔이 내 귓가를 스쳤다.

"무슨 짓이야!"

"내가 지금 너 구해 준 거거든?"

뒤를 돌아보자 금화들이 효준의 지갑으로 빨려 들어가고 있었다. 베르눔사우르스 한 마리가 눈치 채지 못하게 다가와 나를 물려고 한 모양이었다.

"고마워, 효준!"

지루한 절단 작업 끝에 효준이 빠져나왔다.

"살았다! 근데 부스터를 잃어 버렸어."

"걱정 마. 내가 사 줄게. 수찬아! 너는 어때?"

"나도 꼈어! 절단기도 잃어버리고."

"조금만 기다려!"

레이더로 수찬을 찾아가 보니 베르눔사우르스 사이에 몸이 껴서 머리만 겨우 나와 있었다.

"다른 놈들이 몰려오기 전에 빨리 마무리하고 뜨자."

"오케이!"

나는 효준과 절단기로 꼬여 있는 목들을 하나하나 끊어 나갔다. 베르눔사우르스들이 터지며 금화로 변했다. 그 모습이 마치 불꽃놀이 같았다. 어깨가 들썩이며 신이 났다.

"또 몰려온다!"

레이더를 보니 스무 마리는 넘는 베르눔사우르스가 사방에서 다가오고 있었다. 하지만 더 이상 싸우는 건 무리였다. 나는 수찬과 효준의 손을 하나씩 잡고 부스터를 작동시켰다.

물 밖으로 나와 지갑과 인벤토리를 확인해 보니 꽤나 두둑해져 있었다. 무엇보다 기쁜 것은 한 번에 잡은 베르눔사우르스가 열두 마리나 된다는 점이었다. 이런 방식으로 몇 번만 하면 아늑평야는 내 차지가 될 것이다.

게임에 걸린 시간은 한 시간. 우리는 방으로 돌아왔다. 그리고 아무 일도 없었다는 듯 잠이 들었다.

*

다시 사흘이 흘렀지만 도경 누나는 여전히 배양실을 나오지 않았다. 배양기에 들어가는 배양액을 마시며 버틴다는 소문이 있었다. 어쨌거나 우리는 우리의 할 일을 했다.

오늘 우리의 목표는 그리너리 무스였다. 그리너리 무스를 동굴 속에 사흘 넘게 가두면 굶어 죽는다는 얘기는 수찬이 퍼뜨린 거짓말이었다. 그렇게 해도 그리너리 무스는 몸에서 돋아난 이파리들만 좀 시들시들해질 뿐 죽지는 않았다.

그리너리 무스를 가둔 지 사흘이 지나도 금화가 들어오지 않으면 아이들이 확인하러 동굴에 들어갈 거고, 그러면 그리너리 무스가 거대한 뿔로 아이들을 들이받으리라는 게 우리의 예상이었다. 수찬의 전략은 그 아이들을 몰래 따라가 기다리다가 동굴 밖으로 나오는 그리너리 무스를 공격하는 것이었다.

"너무 양심 없는 전략 아냐?"

내 말에 수찬은 단호한 얼굴로 고개를 저었다.

"정보가 정확한지는 직접 판단해야지. 소문을 무턱대고 믿는 건 어리석은 행동이야."

"어휴, 말을 말자."

우리는 바위 뒤에 숨어서 유탄이 형이 그리너리 무스를 가둬 놓은 동굴로 들어가는 모습을 지켜보고 있었다. 어쩔 수 없이 도와주긴 했지만 나는 여전히 이 상황이 맘에 들지 않았다.

"야, 이런 유치한 전략이 얼마나 가겠냐?"

"더 이상 안 먹히면 그땐 다른 가짜뉴스를 퍼뜨려야지."

눈알을 굴리고 싶은 걸 참았다. 동굴에서 눈을 떼면 안 되기에.

조금 기다리자 동굴 밖으로 갖가지 아이템과 금화가 터져 나오더니 흙이 되어 부서졌다. 동굴 안으로 들어간 유탄이 형이 그리너리 무스에게 받혀서 죽고 아이템을 다 잃은 모양이었다. 가엾은 유탄이 형.

"좋았어! 자, 이제 정신 바짝 차리자고."

수찬은 신이 났다. 나는 고개를 젓고 싶은 마음을 저만치 밀어 놓으며 전기 그물의 한쪽 끄트머리를 잡았다. 그리너리 무스는 질긴 나뭇잎으로 두껍게 덮여 있어 총을 쏴도 죽지 않았다. 그래서 우린 총은 꺼낼 생각도 하지 않았다.

동굴 밖으로 튀어나온 그리너리 무스는 무려 여섯 마리였다.

"많이도 가둬놨네. 시작이다!"

며칠을 굶은 탓인지 그리너리 무스는 달릴 생각을 않고 동굴 근처에 서서 볕을 쬐기 바빴다. 광합성을 하는 것이었다. 우리는 미리 정한 대로 내가 오른쪽을, 수찬이 중앙을, 효준이 왼쪽을 맡았다. 우리가 전기 그물을 던지자 그것이 빠르게 퍼지며 그리너리 무스 떼를 덮었다.

수찬이 리모컨 버튼을 누르자 그물에 전기가 흐르며 불똥이 튀었다. 안에 갇힌 그리너리 무스들이 빠져나가려고 발버둥을 쳤다. 눈을 뜨고 보기 힘든 장면이었다. 그때 그물 한쪽이 찢어지며 한 마리가 머리를 내밀었다.

그사이 나머지 그리너리 무스들이 한 마리씩 시커먼 통구이로 변하더니 곧 금화로 바뀌었다. 그물을 빠져나온 한 마리는 어딘가로 달려갔지만 도망치기에는 힘이 없었다.

수찬이 올가미를 던지자 그리너리 무스가 올가미에 뿔이 걸려 쓰러졌다. 수찬이 버튼을 누르자 올가미에 전기가 흐르면서 또 다른 통구이가 된 그리너리 무스가 금화로 변해 수찬의 지갑으로 들어왔다.

"다음 동굴로 이동!"

"많이 잡아서 좋긴 한데, 좀 그렇다."

"뭐가?"

"애들이 불쌍해."

"어쩔 수 없잖아. 총도 안 먹혀, 석궁도 안 먹혀, 불로 지져도 나뭇잎만 좀 타고 끝. 뭘 먹는 애들이 아니니 독을 먹일 수도 없고, 그럼 어떡해."

"그렇긴 한데, 스릴도 없고……."

"노민아, 네가 그런 걸 좋아하는 줄은 몰랐다."

그때 효준이 말했다.

"난 완전 스릴 넘치는데? 그리너리 무스가 불쌍하긴 하지만 우리가 이런 속임수를 썼다는 걸 아무한테도 들키면 안 되는 거잖아."

효준은 아직도 어느 땅을 받을지 정하지 못했다. 땅보다는 게임 자체에 흥미가 있는 것 같았다. 그렇다 보니 인벤토리에 쌓여 있는 아이템들은 무슨 잡화상의 진열대처럼 이것저것 섞여 있었다. 저러다 무슨 사막 같은 걸 얻는 건 아닐까 걱정스러웠다.

랜드 러시는 테라크래프트를 기반으로 하는 게임이었다. 보미나리의 실제 지형과 기후를 바탕으로 만들어진 가상현실이라 랜드 러시 속 사막은 테라포밍이 끝난 후에도 계속 사막으로 존재할 가능성이 높았다. 하지만 효준은 괜찮다고 했다.

"사막에서 패션쇼를 여는 것도 나쁘지 않지. 오직 패션만 살아

남는 곳이 될 테니까.”

효준의 매력은 미모보다는 낙천성일 것이다. 그게 바로 내가 효준을 좋아하는 이유였다.

우리는 그리너리 무스를 동굴에 가둬 놓았다고 떠벌리던 아이들을 따라가서 사냥에 몇 번 더 성공했다. 마음이 더 안 좋아졌고, 지갑은 두툼해졌고, 아이템은 차곡차곡 쌓였다.

수찬과 나는 베르눔사우르스 카드와 그리너리 무스 카드를 맞바꿨다. 효준은 우리에게 동물 카드들을 넘기고 무기를 받았다.

이제 내가 가진 베르눔사우르스 카드는 스물일곱 개, 수찬이 가진 그리너리 무스 카드는 스물아홉 개였다. 아직 중간 결과가 집계되지 않아서 다른 아이들이 무엇을 얼마나 갖고 있는지는 소문만 무성할 뿐이었다.

저녁이 되자 다섯 살 아래의 3기 아이들이 방으로 찾아왔다. 숙제를 도와 달라는 이유였지만 사실은 거래를 하러 온 것이었다. 그중에 아늑평야를 노리는 아이들은 없었다. 3기 아이들에게 인기 있는 곳은 바닷가나 높은 산이었다. 아이들은 서핑과 스키에 대한 열망이 대단했다.

3기와 4기 아이들은 그들의 나이를 고려해서 변형된 버전의 랜드 러시를 하고 있었다. 우리와 똑같은 가상현실에서 똑같은 땅을 두고 게임을 하지만 아이들의 계정으로 접속하면 동물 대신 음식이 나왔다. 무지갯빛 솜사탕이나 거미 모양 젤리 카드를 차지하면 그에 해당하는 땅을 갖게 되는 것이었다.

나는 그 아이들이 가진 청포묵 카드와 내가 가진 블라인드 윙 카드를 맞바꿨다. 그러자 청포묵 카드는 내 인벤토리에서 베르눔 사우르스 카드로 변했고, 블라인드 윙 카드는 3기 아이의 인벤토리에서 밀크 웨하스 카드로 변했다. 그 아이들의 버전에서는 아늑 평야 상징이 청포묵이었고, 움직임이 느려서 잡기가 그리 힘들지 않다고 했다. 반대로 큰물군도의 상징인 밀크 웨하스는 바람에 잘 날아가는 탓에 잡기 힘들다고 했다. 우리는 이렇게 동생들과도 협력하고 있었다.

"나 이제 밀크 웨하스 카드가 열다섯 개야!"

"그걸로는 모자라. 열 개는 더 있어야 될 걸?"

"거길 노리는 사람이 스무 명은 되니까 그 정도만 모아도 돼."

"여진 언니한테 그 카드가 열네 장 있다는 소문이 사실이라면 그래도 되지."

"맞아. 네가 그렇게 안심하고 있는 동안 여진 언니는 카드를 계속 모으고 있을걸?"

"너희들, 여덟시가 다 됐는데 이러고 있어도 되는 거야?"

내가 타이르자 아이들은 서둘러 스마트패드를 꺼내고 숙제를 시작했다. 하지만 아이들은 숙제에 집중하지 못하고 틈만 나면 게임 이야기를 떠들어댔다. 이 열정이 그대로 이어진다면 아이들은 보미나리 착륙 후 아무도 못 말리는 테라포밍 용사로 거듭날 것이다. 진짜 서핑과 스키를 즐길 아름다운 산과 섬을 일구기 위해 밤낮없이 일하는 일꾼으로.

아이들을 가까스로 달래서 숙제를 끝마치고 돌려보낸 뒤 나도 하루 일을 마무리했다. 숙제, 그림 그리기, 레고 만들기, 양치질, 그리고 벽에 붙여놓은 침낭 속에 들어가기.

내일도 새벽같이 일어나 아늑호수에서 사냥을 해야 했기에 일찍 잠자리에 들었다. 졸리지도 않은데 그러고 있어서일까. 언제부턴가 효준이 잠꼬대하는 소리가 들려왔지만 나는 눈이 말똥말똥했다.

침낭에서 조심스레 빠져나와 조용히 방문을 열고 나갔다. 복도를 지나 천천히 광장으로 갔다.

파란은 없었다. 벌써 자는 걸까. 파란이 늘 춤을 추던 현창 앞으로 가봤다. 어쩐지 공기가 따스했다. 방금까지 파란이 있었던 것 같았다.

나는 내가 느낀 게 그냥 기분이 아니라는 걸 곧 알게 됐다. 기역 자로 꺾인 반대 쪽 복도에서 허공에 뜬 발이 모퉁이를 돌아 사라지는 모습이 눈에 들어온 것이다. 신발을 신지 않은 맨발이었다. 파란이 틀림없었다. 파란은 주거 모듈이 아닌 업무 모듈 쪽으로 가고 있었다.

이 늦은 시간에 그쪽으로 가는 이유가 뭘까. 혹시 도경 누나를 만나러? 나도 그쪽으로 향했다.

업무 모듈에 다다랐다. 아무도 없는 복도는 평소보다도 형광등 불빛이 파리했다. 나는 괜스레 이상한 기분을 느끼며 방을 하나씩 지났다. 스마트팜, 공작실, 통신관제실… 이제 모퉁이만 돌면 배양실이었다.

문득 말소리가 들려와 그 자리에 멈췄다. 파란이 뭔가를 말하고 있었다. 파란은 말수가 적은 아이였다. 토론회 같은 일이 아니면 그 애의 목소리가 공기 중에 낭랑하게 울려 퍼지는 건 보기 드문 일이었다. 나는 몸이 앞으로 나아가지 않도록 핸드레일을 꼭 붙들고 귀를 기울였다.

"언니, 괜찮아. 울지 마."

"난 겁쟁이였어. 지혁이한테 겁쟁이라고 했지만, 사실은 내가 겁쟁이였던 거야."

배양실 출입문 옆의 인터폰을 통해 흘러나오는 것은 도경 누나의 목소리였다.

"하지만 우리 모두 겁쟁인걸."

파란의 말에 도경 누나가 훌쩍이는 소리가 들려왔다.

"미안해."

"언니가 왜."

"너한테 괜한 꿈을 꾸게 해서."

"그렇지 않아. 언니가 아니었으면 난 나에게 그런 꿈이 있는 줄도 몰랐을 거야."

"언니한테 실망했지?"

"아냐. 난 여전히 꿈꾸고 있는걸. 다 언니 덕분이야."

"파란아, 계속 싸울 거야?"

"난 싸우지 않아. 꿈꿀 뿐이지."

도경 누나가 힘없이 웃는 소리가 들렸다.

"우리 모두 다 겁쟁이는 아니었네."

"나 겁쟁이 맞아. 꿈을 버리는 게 겁나서 이러는 거니까."

잠시 침묵이 흘렀다. 이윽고 도경 누나가 말했다.

"도울게. 함께 하진 못해도, 도와줄게."

대화가 끊겼다. 파란도 누나도 아무 말도 하지 않았다. 둘은 뭘 하는 걸까. 귀를 쫑긋대며 기다렸지만 들려오는 건 두 사람의 말소리가 아니라 웬 기계음이었다. 돌아보니 레이저 절단기를 실은 작업대가 이쪽으로 날아오고 있었다. 작업대에 달린 스피커에서 작은 말소리가 흘러나왔다.

"남의 대화를 엿듣는 건 추천할 만한 행동이 아닙니다, 노민."

이크, 엘턴이었다. 나는 재빨리 돌아서 주거 모듈로 달아났다.

엿듣기는 당신이 하는 짓이 아니냐고 따질 생각도 못 하고.

*

도경 누나가 배양실을 나왔다. 쇠약해진 모습이었다. 누나는 기력이 회복될 때까지 의료 모듈에서 입원을 해야 했다. 가뜩이나 식사를 거르던 사람이 단식 투쟁을 6일이나 했으니 근육이 남아 있을 리 없었다.

도경 누나가 이렇게 백기를 들면서 도경 누나를 따르던 애들도 백기를 들었다. 파란만 빼고.

파란은 혼자만의 시위를 시작했다. 파란답게 조용하고 민폐를 끼치지 않는 방식으로. 그렇다고 자해를 한다거나 자원을 낭비하지도 않았다.

파란은 티셔츠 앞부분에 굵은 유성 펜으로 '항로 조정을 요구합니다'라고 쓰고 등에는 '내 삶을 살겠습니다'라고 썼다. 그게 다가 아니었다. 오른쪽 소매에는 '보미나리의 권리를 존중합시다', 왼쪽 소매에는 '자본주의의 노예가 되지 않겠습니다'라는 문구가 쓰여 있었다.

파란은 매일 그 옷을 입었다. 똑같은 옷을 입은 채로 밥을 먹고, 수업을 듣고, 체력단련실을 가고, 춤을 추고, 동생들을 돌봤다.

룸메이트인 여진의 말로는 파란이 수영을 하거나 잘 때는 그 옷을 벗지만 수영복과 잠옷에도 똑같은 글귀를 써 놓았다고 했다.

　"몸에도 써 놨어. 잠꼬대도 그렇게 한다니까."

　영화를 보기 위해 소월 누나의 방으로 가니 여진이 그렇게 호들갑을 떨고 있었다. 마지막 말만큼은 거짓인 것 같았다. 잠꼬대를 하는 파란은 상상이 가지 않았다. 몽유병에 걸려 춤을 추는 파란이면 몰라도.

　"도대체 무슨 심리인지 알 수가 없다. 그런다고 달라지는 게 없다는 걸 알면서 왜 그러냐고."

　수찬이 답답하다며 가슴을 쳤다.

　"미련이지. 여자가 한을 품으면 오뉴월에도 서리가 내린다잖아."

　효준이 몸을 떠는 시늉을 했다. 나는 파란이 품은 건 한이 아니라 신념이라는 말을 해 줄까 하다 그만뒀다.

　그날 소월 누나가 보여 준 영화는 〈미저리〉였다. 재미는 있었지만 볼수록 누나의 저의가 의심되는 영화였다. 편집증에 빠진 여주인공이 파란을 떠올리게 한 것이다. 물론 파란은 그 누구에게도 자신의 믿음을 강요하거나 피해를 주지 않았지만. 무엇보다도 파란은 주인공을 괴롭히는 애니 윌크스보다 백 배는 선하고 아름다웠다. 하지만 나조차 그 영화를 보며 파란을 떠올렸을 정도이니 다른 애들은 말할 필요도 없었다.

"라니 윌크스. 딱이네."

수찬의 말에 효준이 거울을 들여다보며 눈에 힘을 줬다.

"영혼은 필요 없어! 난 세찬미르를 원해! 당신이 그것을 빼앗았어!"[12]

나는 두 녀석을 한 손에 하나씩 잡고 서로 쾅쾅 처박는 상상에 사로잡혔다.

수찬이 그때 기분 나쁜 제안을 했다. 파란이 며칠 만에 백기를 드는지를 두고 랜드 러시 금화를 걸고 내기를 하자는 거였다.

"누군가의 진심이 너한테는 장난이냐?"

"넌 금화가 장난으로 보이냐?"

더 있다가는 진짜로 수찬의 멱살을 잡을 것 같아 소월 누나의 방을 나왔다. 광장으로 가고 싶었지만 이대로는 그럴 수가 없었다. 그랬다가는 파란의 멱살도 잡을 것 같았다. 너는 왜 다른 꿈을 꾸질 못 하느냐고.

엘턴도 원망하고 싶었지만 그것 또한 참아야 했다. 엘턴은 파란을 내버려 두지 않았으니까. 파란은 매일 상담실로 불려갔다. 하지만 다음날도, 그 다음날도 파란의 티셔츠는 그대로였다.

---

12 〈미저리〉에서 애니 윌크스의 대사 "영혼은 필요 없어! 난 미저리를 원해! 당신이 그녀를 죽였어!"를 변형하여 인용한 것.

이틀 뒤 늦은 저녁이었다. 웬일로 소월 누나가 방으로 찾아왔다.

"마지막으로 남은 건 일대일 공략이야."

"일대일?"

"네가 파란을 맡아."

"내가 뭘 어떻게?"

"내가 기동이한테 한 것처럼, 너도 파란한테 고백을 해 보라고."

내 마음이 그렇게 뻔히 보였나? 당황스러운 나머지 안 해도 될 말이 나갔다.

"그게 아마, 일대일이 아닐 텐데."

파란을 남몰래 좋아하는 아이는 나뿐이 아니었다. 당장 떠오르는 얼굴만 해도 두엇이었고 그보다 더 있을 수도 있었다.

"너한테는 일대일이지. 팬클럽 결성해서 다 같이 몰려갈 건 아니잖아. 그러니까 일단, 네가 첫 타자로 나서 봐."

내가 선뜻 대답하지 못하자 누나가 말했다.

"다른 애들한테 먼저 해 보라고 할까? 걔들이 실패하면 네가 해 보고. 근데 너 그러다 파란을 빼앗기면 어떡하냐."

나는 누나에게 묻고 싶었다. 우리의 순정이 그저 플랜A, 플랜B, 플랜C로밖에 안 보이냐고. 내 마음도 모르고 싱글거리는 누나의 얼굴을 한 대 치고 싶었다. 물론 누나는 그런 내 주먹을 으스러뜨려 버리겠지만.

누나는 내가 대답할 틈도 주지 않은 채 기동이 형이 부른다며 나가 버렸다. 멍하니 문을 바라보는데 4기 아이들이 찾아와 수학 숙제를 도와달라고 했다.

배양기를 박차고 나온 지 5년밖에 안 된 동생들이었다. 귀여운 마음에 머리를 하나하나 쓰다듬었다.

"너희가 부럽다."

"왜?"

"너희가 하는 고민이라고 해 봤자 '숙제 끝나면 뭘 하고 놀까?' 정도일 테니까."

"우리 랜드 러시 하러 갈 건데?"

"어련하겠냐."

나는 한숨을 쉬며 중얼거렸다.

"너흰 우리가 왜 싸우는지도 모르겠지. 다 크면, 여기서 있었던 일은 한때의 꿈처럼……."

"오빠, 이상한 말 좀 그만해."

"빨리 이 문제 답 좀 알려줘. 우리 랜드 러시 하러 가야 돼."

"답만 바로 알려 주면 안 되지. 차근차근……."

"그건 나중에. 이러다 땅을 빼앗길지도 모른단 말이야."

지혁이 형과 도경 누나를 따르던 아이들이 뒤늦게 게임에 뛰어들면서, 그 아이들은 물론이고 게임을 먼저 시작한 아이들까지 조바심을 냈다. 다섯 살밖에 안 된 아이들이 '내 땅' 같은 소릴 하며 게임에 빠진 모습을 볼 때마다 마음이 좋지 않았다. 어린 아이들의 순수함을 짓밟은 사람이 나인 것 같아서였다. 내가 그때 땅과 영혼을 운운하지만 않았어도…….

이제 분리파는 단 한 명으로 줄어들었다. 아니, 파란을 분리파라 부를 수는 없었다. 아이들에게 파란은 그저 이상한 애, 미친 애, 반항아일 뿐이었다.

분리파는 그렇게 와해되고 말았다. 어찌 보면 당연한 일이었다. 각자 보미나리로 가지 않겠다는 이유가 달랐기 때문이다. 누군가는 주어진 과업이 막막해서, 누군가는 사랑하는 사람을 따르고 싶어서, 누군가는 그저 반항하거나 관심 받고 싶어서, 누군가는 꿈을 이루고 싶어서… 한 마디로 분리파에는 아이들을 끝까지 모아 놓을 구심점이 없었다.

반면 잔존파는 오로지 한 가지 생각으로 달려왔다. 땅. 그 누구의 땅도 아닌 바로 내 땅. 잔존파가 승리한 것은 욕망이라는 공통된 구심점 덕분이었다.

우리가 분리파와 잔존파로 나뉘어 싸우는 동안 많은 관계가 변했다. 지혁이 형과 도경 누나가 헤어진 반면, 기동이 형은 소월 누나와 이제 딱 붙어 다닌다. 핸드레일을 잡아야 하는 것만 아니면 팔짱을 끼고 다녔을 것이었다.

소월 누나가 기동이 형에게 웃는 모습을 볼 때마다 여전히 가식이 아닐까 하는 의심이 들었지만 배가 아프기도 했다. 한편, 지혁이 형이 도경 누나 문병도 가지 않는 걸 보니 마음이 아팠다.

그밖에도, 기동이 형, 지혁이 형, 보석이 형은 이제 같은 편이 되었음에도 서먹하게 지낸다. 여진과 채선이 파란을 따돌리고 둘이서만 노는 모습도 종종 보이고 말이다.

나와 파란의 관계는 어떻게 변하게 될까.

나는 열다섯 살이 된 지금까지 파란과 얘기해 본 적이 한 번도 없었다. 그 애가 뭘 좋아하고 싫어하는지도 몰랐다. 언제까지나 먼발치에서 바라볼 생각이었다. 운이 좋다면 내가 설계한 무대에서 그 애가 춤을 추거나, 내가 차지한 호수에서 그 애가 수영을 즐기는 행운을 누릴 수 있으리라 믿으며.

그러나 그 꿈은 이제 헛되게만 느껴졌다. 파란 역시 기꺼운 마음으로 함께해야 그 모든 게 의미가 있을 테니까. 가기 싫다는 아이를 억지로 끌고 가 봤자, 멋진 무대도 아름다운 호수도 그 애에게는 감옥처럼 느껴지지 않을까?

나는 파란을 설득해야 했다. 그 아이 스스로 반란을 포기하도록. 하지만 문제가 있었다. 그 애와 가까워질수록 심장이 팔딱댄다는 거였다. 그뿐 아니라 얼굴은 달아오르고, 머릿속은 텅 비고, 혀는 굳어 버렸다. 이런 내가 도대체 무슨 말을 할 수 있을까?

아무리 생각해도 좋은 수가 떠오르지 않았다. 나는 외모로도 유머감각으로도 파란을 좋아하는 다른 애들을 따라갈 수가 없었다.

내가 끙끙대다 고작 생각해 낸 거라곤 일주일 뒤가 우리 2기들의 생일이라는 사실이었다. 시간은 더 이상 내 편이 아니었다. 말없이 기다려도 괜찮은 단계는 이제 지났다. 나는 파란을 만나야 했다. 그렇다면 내가 가장 잘하는 걸 해 보자고, 나는 그렇게 마음먹었다.

*

가족들로부터 생일 축하 메시지가 도착했습니다. 열어 보시겠습니까?

Yes or No

일주일 뒤, 우리 2기의 생일날이었다. 이 두 문장은 아침에 눈을 뜨자마자 받은, 내가 기다리던 알림이었다.

지난 일주일간 매일 늦게 잠들었다. 당연한 결과로 늦잠을 자서 수업 시작까지 시간이 촉박했다. 카페테리아로 가서 아침부터 먹을까 망설이다가 일단 'Yes'를 클릭했다. 다들 영상을 보고 올 텐데 나만 아무것도 못 보고 나갈 수는 없었다.

40대로 보이는 여자가 화면에 나타났다. 굵은 파마머리를 아무렇게나 묶어 올린 익숙한 모습이었다. 흰 티에 낡은 체크무늬 셔츠를 입고 있었고, 셔츠 여기저기에 노란 물감이 묻어 있었다. 일하던 중에 잠깐 나와 영상을 찍는 모양이었다.

여자는 나의 열다섯 살 생일을 축하한다는 말로 영상을 시작했다.

「네 이름을 알 수가 없어서 아쉽구나. 알았으면 이름을 불러 줄 텐데. 어쨌든 아이야, 고맙다. 나는 네가 자랑스러워. 내가 기증한 세포가 먼 훗날 어엿한 인간이 되어 저 먼 우주를 탐험하고 개척할 거라 생각하면 가슴이 마구 뛰는구나.」

화면 속의 여자는 두 손을 가슴 앞에 모았다. 꿈을 꾸는 듯한 표정이었다. 정말로 행복해 보였다.

「사실 어릴 적 내 꿈이 우주비행사였거든. 그 꿈을 네가 대신 이뤄 준다고 생각하려고. 넌 내 꿈만 이뤄 주는 게 아니야.」

우주비행사를 꿈꿨다는 사람이 어쩌다 미술학원을 하게 됐을까? 저 말은 진심일까? 그저 나를 위로하려고 한 말은 아닐까? 지금껏 생각해 보지 못했던 의심이 들었다. 그때 여자가 어딘가를 돌아보며 소리쳤다.

「유리, 유안! 이리 와 볼래? 얘들아! 엄마가 부르잖아. 이리 좀 와 봐!」

여자가 화면 밖으로 사라졌다. 소란스러운 말소리가 들려오는가 싶더니 여자가 내 또래의 십대 소녀 둘과 함께 나타났다. 억지로 끌려와서 그런지 소녀들은 불퉁한 얼굴이었다.

「유리와 유안이란다. 아가야, 알지? 네 누이들이야. 아빠는 비록 다르지만…….」

5년 전에도, 10년 전에도 여자는 같은 말을 했다. 처음에는 두 소녀를 내 언니라고 했다가, 누나라고 했다가, 언제부턴가 '누이'라는, 사전에나 나올 법한 단어를 썼다. 내가 남자애로 태어날지 여자애로 태어날지 몰라서 벌어진 해프닝이었다.

「유리, 유안, 동생한테 고맙다고 인사하자. 동생은 우리를 위해 보미나리를 개척하러 갔어.」

「동생아, 고마워.」

아무 감정도 실리지 않은 무미건조한 말투였다. 작년에도 재작년에도 내게 했던, 그러나 그 아이들 입장에서는 바로 몇 분 전에 반복했을 말일 테니 내가 이해해 줄 수밖에.

「너희 동생이 보미나리를 완전히 바꿔 버릴 거야. 사람이 살 수 있도록. 그럼 너희의 손자들이 거기서 영구 토지 이용권을 얻게 될 거란다. 아이야, 너도 그걸 알고 있겠지? 그러니 네 임무를 다 할 거고.」

자매는 엄마의 말에 관심이 없었다. 엄마의 시선이 어느덧 카메라를 향했다는 걸 알자마자 화면 밖으로 나가 버렸다. 여자는 "십대들이란" 같은 말을 중얼거리며 고개를 젓더니 방긋 웃으며 건강히 잘 지내라는 말로 영상을 끝냈다.

멍한 기분이었다. 왜 이럴까. 뭔가가 달랐다. 작년까지만 해도 생일 축하 영상을 보면 마음속에서 달콤하고 부드러운 휘핑크림이 몽글거리는 것 같았다. 더 어릴 때는 코끝이 시큰해져 울먹거리기도 했다.

그런데 올해는 아니었다. 뭐랄까, 너무 달고 기름진 케이크로 배를 잔뜩 채운 것만 같았다. 배가 부른 게 아니라 도리어 허해진 기분이었다. 그럴 땐 샐러드나 오믈렛 같은 건강한 음식을 먹어야 속을 달랠 수 있다. 아니면 맑은 물 한 잔이라도.

방을 나갔다. 수찬이든 효준이든 만나고 싶었다. 파란이 춤추는 모습이라도 봐야 속이 진정될 것 같았다.

작년에도, 재작년에도, 10년 전에도, 나는 똑같은 사람들이 등장하는 영상을 선물로 받았다. 화면 속 여자는 같은 날 같은 장소에서 그 영상들을 한번에 다 찍은 게 틀림없었다. 똑같은 머리 모양, 뺨에 돋아 있는 뾰루지, 똑같은 체크무늬 셔츠, 셔츠에 묻은 노란 물감. 그녀의 얼굴은 전혀 늙지 않았다. 그녀의 아이들이 자라지 않는 것과 마찬가지로.

내 아빠라는 사람의 영상은 도저히 볼 기분이 들지 않았다. 그는 작년과 똑같이 기진맥진한 얼굴일 것이었다. 대형 건축회사에 다니는, 아니, 이젠 다녔던 사람이겠지, 지금은 이 세상 사람이 아닐 테니. 아무튼 그는 일이 많은지 눈에 핏발이 잔뜩 선 채로 말하는 내내 하품을 참지 못했다. 그런 사람이 아내가 임신 중이라며 초음파 사진을 보여 줄 때만은 눈빛이 빛났다. 그는 내게 형을 만나게 해 줄 수 없는 게 유감이라고 했다. 내가 당연히 아들일 거라는 투였다. 나는 그의 예상이 맞았다며 기뻐해야 할까. 하여간에 그는 매번 비슷한 말을 표현만 조금씩 다르게 반복하며 스무 개 분량의 영상을 후다닥 찍고는 바로 침대에 쓰러졌을 것이다.

지난 15년 동안 나는 아기에서 어린이가 되었고, 지금은 십대가 되었다. 당신들이 변하지 않는 동안, 아니, 당신들이 늙고 이제는 죽은 지 몇 십 년이 지나는 동안.

당신들의 아이들은 잘 컸을까? 결혼했을까? 아이를 낳았을까? 그 아이들이 잘 커서 또 아이들을 낳았을까? 나는 궁금하지 않다. 아니, 사실은 조금 궁금하다. 당신들이 기대하는 것과 전혀 다른 이유로.

개척이 끝나면 지구에서 사람들이 올 것이다. 우리가 날아오는 동안 지구에서는 동면 기술이 완성됐다고 한다. 그러니 그들은 겨울잠을 자는 개구리처럼 잠든 채로 올 터였다. 동면 기술이 완성된 이후에는 추진체가 발전했다고 하니 조금 늙는 것을 감당한다면 깨어 있는 채로 올 수도 있겠지.

그중에는 당신의 아이들도 있을 것이다. 그들을 만나면 어떤 기분이 들까. 그 아이들은 나를 보고 어떤 기분을 느낄까. 그때도 우리는 가족이라는 이름의 엉성한 울타리 안에 한데 욱여넣어질 수 있을까.

*

지난 일주일 간 파란을 좋아하는 애들이 파란에게 고백했다 실패했다는 소문이 파다했다. 그 소식은 내게 기쁨을 안겨줬다. 그에 못지않은 절망도.

파란은 그 애들에게 이렇게 말하며 거절했다고 한다. 자신이 구상하고 있는 안무가 있는데 그걸 완성하는 게 자기 인생 최대의 과업이라고, 그건 무중력에서만 할 수 있기 때문에 보미나리로 내려갈 수 없다고, 자긴 혼자서라도 우주로 떠날 거라고.

"역시 좀 정상이 아냐."

"어떻게 혼자 떠날 생각을 하지?"

"머리 나쁘단 말이 진짜였어."

"맨날 뱅글뱅글 돌아서 그래."

나는 수찬, 효준과 공작실에 있었다. 두 녀석은 소월 누나가 만들어 준 코코아 튜브를 빨며 이야기를 주거니 받거니 했고, 나는 그 둘의 이야기를 귀담아 들으면서도 작업에 열중했다. 무중력 공간에서 용기 안에 물을 담는 일은 고도의 집중력을 요했다.

"노민아, 언제 끝나?"

"말 걸지 마."

나는 사람 머리만 한 투명 구에 물을 막 채운 참이었다. 마개를 단단히 닫고 실리콘으로 그 주변을 꼼꼼히 발랐다. 따뜻한 바람을 쐬어서 실리콘이 빨리 마르도록 했다. 다 마른 것을 확인한 다음 구를 뒤집어서 흔들어 보았다.

파란을 닮은 피규어가 투명한 구 안에서 팔과 다리와 머리카락을 하느작거렸다. 그 주변을 떠다니는 무수한 글리터가 빛을 반사하며 반짝반짝 빛났다. 내가 일주일 치의 저녁을 반납하고 허락받은 재료들로 만든 스노볼이었다. 그 탓에 허기가 지는 걸 참고 있었는데 달콤한 코코아 냄새를 맡으니 배 속에서 천둥이 치기 시작했다. 수찬과 효준은 그것도 모르고 신이 나서 스노볼에 달려들었다.

"역시 너는 천재야!"

"파란이의 운명이 너한테 달려 있다."

나는 스노볼을 소중히 들고, 수찬과 효준은 그런 나를 끌고 광장으로 갔다. 내가 스노볼을 담은 박스고, 수찬과 효준이 스노볼을 박스째로 배달하는 듯한 모양새였다.

광장에는 파란과 여진이 있었다. 파란은 제목 모를 노래를 틀어 놓고 춤을 추고 있었고, 여진은 그런 파란을 바라보고 있다가 우리를 보더니 총알처럼 튀어왔다. 내 손에 들린 스노볼을 보고 눈이 휘둥그레진 모습이었다.

"진짜 예쁘다."

잔뜩 질투 어린 눈빛이었다. 여진이 묻지도 않고 손을 뻗기에, 나는 스노볼을 더욱 깊이 품고 몸을 비틀었다. 여진은 반쯤은 그렁그렁하고 반쯤은 화난 듯한 눈빛으로 스노볼을 바라봤다. 나는 떠듬떠듬 변명을 늘어놨다.

"아니 이게, 손자국이 남으면, 잘 안 지워져서⋯⋯."

"가자, 여진아."

"소월 누나가 너 데려오래, 젤리 준다고."

고맙게도 수찬과 효준이 여진을 끌고 멀리 떠났다. 나도 그 애들을 따라 도망가고 싶었지만 내가 지금 여기에 와 있는 이유를 떠올리며 마음을 다스렸다. 그때 파란과 눈이 마주쳤다.

"이, 이거⋯⋯."

스노볼을 내밀며 우물거리자 파란이 두 눈에 호기심을 가득 담고 날아왔다. 심장이 방망이질 쳤다.

"이거, 생일 선물로 주려고⋯ 만들었어⋯⋯."

나를 보는 파란의 눈빛이 어찌나 강렬한지 눈을 제대로 뜨고 쳐다볼 수가 없었다. 나는 얼굴이 달아오르는 것을 느끼며 스노볼을 건넸다. 파란이 스노볼을 조심스럽게 받았다. 그러면서 파란과 내 손이 잠깐 스쳤다. 그 애의 손이 닿은 곳에 불이 붙은 것 같았다.

"이게 뭐야?"

"스노볼."

"스노볼."

파란이 나지막이 발음하더니 이어 말했다.

"이걸 그렇게 부르는구나. 너무 예쁘다. 스노볼이란 이름도 예뻐."

파란은 스노볼을 조심스레 돌려가며 살펴보더니 살짝 흔들다가 코를 박고 안을 들여다보고 또 흔들다가 들여다보기를 반복했다. 또렷이 뜬 눈을 깜빡이지도 않은 채로. 나는 초조하면서도 뿌듯한 마음으로 그 모습을 바라봤다. 당연히 뿌듯함이 더 컸다. 파란은 내 선물이 싫지 않은 모양이었다.

"너 손재주 좋은 건 알고 있었지만, 이 정도일 줄은 몰랐어. 정말 나랑 똑같은데?"

"고마워."

얼굴이 화끈거렸다. 내가 손재주 좋은 걸 파란이 알고 있었다니! 파란이 내게 한 말의 반이 칭찬이라니!

"이 피규어 어떻게 만든 거야?"

"널 그려서 3D 프린터로 뽑았어. ABS수지로."

말은 간단했지만 실제 과정은 그렇지 않았다. 나는 파란을 꼭 닮은 설계도를 그리느라 며칠 밤을 꼬박 샜다. 그간 그린 파란의 그림들을 CAD[13] 프로그램에 입력해 3D 모델을 만들기 위함이었다. 피규어를 프린트한 뒤에도 진짜 파란과 비교하며 끊임없이 설계도를 수정했다. 수십 번의 삽질 끝에 완성된 것이 바로 이 스노볼 속 파란이었다.

"안에 든 건 물이야?"

"물이랑 글리세린."

"반짝거리는 건?"

"거울을 부숴서 만들었어."

"뭐? 너 손 괜찮아?"

파란은 스노볼을 허공에 놓더니 내 두 손을 잡고 살펴봤다. 나는 돌처럼 굳고 말았다. 파란이 내 손을 잡고 있을 뿐 아니라 코앞에 있었던 것이다! 내 손을 내려다보는 파란의 정수리에서는 복숭아 향이 피어올랐고, 파란의 손길은 부드러웠다. 지금 내 손은 어떨까. 진땀이 나서 축축하겠지. 떨고 있을지도 몰라. 이를 어쩐다.

물론 밀폐 후드 속에서 장갑을 끼고 작업했기에 내 손에 상처

---

13 Computer Aided Design(컴퓨터 지원 설계)의 줄임말. 컴퓨터 그래픽 소프트웨어로, 스케치, 드로잉 및 설계를 하여 2D 도면이나 3D 객체 파일을 생성하는 것을 말한다.

따위는 없었다. 나는 황홀하면서도 민망한 마음을 달래려 불쑥 말했다.

"생일 축하해."

"너도."

파란과 눈이 마주쳤다. 이렇게 가까이에서 파란의 눈동자를 본 건 처음이었다. 속눈썹 한 올 한 올이 또렷이 구분될 정도였다. 파란의 속눈썹이 이렇게 검고 예쁜지 전에는 미처 몰랐다. 파란의 눈동자가 이렇게 반짝이는지도. 심장이 더욱더 쿵쾅거렸다. 파란은 내 마음을 아는지 모르는지 그저 싱긋 웃더니 광장을 두리번거렸다. 그러더니 현창으로 가서 그 옆에 붙여둔 튜브를 떼어 냈다.

"내가 줄 건 이거밖에 없네."

내가 싫어하는 땅콩버터 스무디 튜브였다. 하지만 배가 너무 고팠기에 얼른 뜯어서 먹어 보았다. 그게 파란에 대한 예의 같기도 했다. 파란이 내가 준 선물을 열렬히 반겨주었으니 나도 그래야 했다.

내가 스무디를 꿀꺽꿀꺽 삼키는 동안 파란은 스노볼을 잡고 빙글빙글 돌며 스노볼을 꼼꼼히 들여다봤다. 파란의 기다란 머리카락도 반짝이는 글리터들도 천천히 파란을 따라 돌고 있었다.

내가 파란의 저녁 간식을 먹어 버렸다는 것을 깨달은 것은 복도 벽에 부착된 재생기 투입구에 빈 튜브를 집어넣고 돌아온 후였다.

내일 배급되는 아침식사를 파란에게 줘야겠다고 생각하는데 파란이 회전을 멈췄다.

"너도 내가 미친 것 같아?"

나는 단호히 고개를 저었다.

"네가 꿈꾸는 안무가 뭔지 궁금해. 꼭 보고 싶어."

"그럼 같이 가자."

귓속에서 폭죽이 터지는 것 같았다. 어찌나 기분이 좋은지 나도 모르게 "그래 좋아!" 하고 말할 뻔했다. 하지만 충동과 고민과 망설임이 다시금 피어오르며 내 마음속에서 경합을 벌였다. 나는 결국 고개를 젓고 말았다.

"미안. 하지만 나도 하고 싶은 게 있어. 그건 보미나리에서만 할 수 있는 거야."

2년 전, 내가 건축을 본격적으로 배우고 싶다고 하자 엘턴은 내게 확장 구역 중 한 곳을 맡기겠다고 했었다. 나는 내 첫 번째 작품으로 놀이터를 만들 생각이었다. 우리 모두 안전하고 즐겁게 뛰어놀 수 있는 놀이터를.

"그게 정말 네가 하고 싶은 거라는 걸 어떻게 확신해?"

파란의 물음에 나는 답했다.

"내가 하고 싶으니까."

파란이 나를 빤히 봤다.

"왜 그렇게 묻는지 알아. 나도 고민해 본 거고."

우물쭈물 변명을 내놓자 파란이 고개를 돌려 현창을 내다봤다. 언제나 그 자리에서 보이던 해누리는 이제 이쪽에서 보이지 않게 되었다. 며칠 사이에 세찬미르의 항로가 곡선을 그리며 이동한 까닭이었다. 그렇다면 파란은 뭘 보고 있는 걸까. 해누리 반대쪽의 머나먼 우주?

침묵과 함께 시간이 흘렀다. 파란은 내가 무얼 하러 왔는지 깨달은 것 같았다.

언제나 내 혀를 굳어 버리게 만드는 그 아이의 시선이 다른 곳을 향한 덕분에 나는 준비해 온 말을 꺼낼 수 있었다. 이 말을 떨지 않고 할 수 있도록 나는 거울을 보며 연습을 거듭했고, 드디어 그 순간이 왔다.

"하고 싶은 일이 '주어진' 건지 '생겨난' 건지 넌 묻고 싶겠지. 처음에 분리파가 들고 일어섰을 때는 너희의 용기가 부럽기도 하고 나 자신이 부끄럽기도 했어. 내가 어른들에게 세뇌당한 바보인 것만 같아서. 하지만 잠을 설쳐 가며 생각해 봐도 내가 하고 싶은 건 이거야. 난 이 우주선이 단조롭고 지루해서 견딜 수가 없어. 똑같은 모양의 복도, 똑같은 색깔의 벽과 천장. 내 방을 뻗어 나가지 못하는 조그만 레고 건물들."

나는 떨리는 마음을 다잡으며 말을 이었다.

"옛날 영화를 보고 판타지에 사로잡혔다고 해도 어쩔 수 없어. 나 같은 인간도 있는 거야. 물론 너 같은 사람도 있는 거고. 네가 지구에서 태어났으면 다들 널 훌륭한 무용가라고 칭송하지 미쳤다고 비웃는 사람은 없었을 거야. 다만 우리가 우주선에서 태어났다는 것, 애초에 갈 곳이 정해진 존재였다는 게 문제였어."

파란은 스노볼을 끌어안은 채 귀를 기울였다. 광장을 밝힌 불빛 때문에 현창 밖의 별들이 잘 보이지 않았다. 파란의 핼쑥한 얼굴만 현창에 희미하게 비쳤다.

"파란아, 인공위성에서 살면 안 돼? 보미나리 주변을 돌면서 말이야. 굳이 계속 날아갈 필요가 있을까?"

"보미나리가 눈앞에 있다면 너희가 계속 생각나겠지. 쟤들은 저기서 열심히 사는데 난 여기서 뭐 하는 걸까, 그런 생각이 들면서 포기하고 싶어질 거야. 하지만 난 이걸 완성하지 않으면 죽을 수도 없어."

파란의 눈동자에 이채가 번뜩였다. 이래서 애들이 미쳤다고 수군댔던 모양이었다. 유령 같기도 하고 야수 같기도 한 그 눈빛을 보자 파란이 나와 완전히 다른 존재인 것처럼 느껴졌다. 하지만 이내 파란도 나와 똑같다는 생각이 들었다. 반대의 상상을 한 덕분이었다. 우리가 우주를 맴돌며 살고 있는데 마침 괜찮은 행성 근처를 날게 됐다면, 나는 그곳에 내려가자고, 아니면 나 혼자서라도 내려갈 거라고 우길지도 모른다는 상상이었다.

"파란아, 응원할게."

나를 향한 파란의 눈망울이 놀라움으로 빛나더니 이내 환희와 고마움으로 물들었다.

"우리 연락하고 지내자."

마지막으로 용기를 내어 말했다. 전혀 준비한 적 없는 말이었다.

파란이 현창을 박차고 날아와 나를 안았다. 그 충격에 나는 뒤로 밀려났다가 파란과 함께 벽에 부딪혀 튕겨 나왔다. 이대로 계속 가다가는 파란이 반대쪽 벽에 부딪힐 것 같아서 나는 팔을 둘러 파란을 안고 몸을 돌렸다. 벽에 부딪히는 사람이 내가 되도록.

우리는 서로를 안은 채로 벽과 벽을 오갔다. 어느 순간, 움직임이 서서히 느려지더니 우리는 그대로 허공에 떠 있게 되었다. 엘턴이 우리를 보고 있겠지만 상관없었다. 고맙게도 그가 우리를 떨어뜨려 놓으려고 전등을 깜빡인다거나 환풍기를 튼다거나 하는 일은 없었다. 지금 이 순간이 우리 인생에 얼마나 중요한 순간인지를 안다면 그럴 수 없었다.

파란은 보기보다 더 말랐다. 파란이 숨을 쉬고 흐느낄 때마다 잔근육들이 열렬한 춤을 췄다. 파란은 이렇게 살아 있었다. 나는 그 살아 있음을 언제까지나 느끼고 싶었지만 곧 그러지 못하게 될 터였다.

"고마워."

파란이 이어 말했다.

"노민아."

파란의 목소리로 듣는 내 이름은 부끄럽고 아름답고 슬펐다. 나는 아무 말도 하지 못했다. 더 이상 준비한 말이 없었고, 파란을 응원하겠다는 결심으로 내가 가진 용기는 다 썼다. 나는 그렇게 파란의 숨결과 흐느낌과 따뜻함을 고스란히 느끼다 그곳을 빠져나왔다. 보미나리에서는 스노볼 속 글리터가 바닥으로 내려앉는 걸 볼 수 있을 거란 말도, 너를 위한 무대와 호수가 준비되어 있다는 말도 하지 못한 채.

*

다음 날, 나는 랜드 러시에서 기동이 형을 만났다.

"형, 나 이제 아늑평야 필요 없어. 베르눔 카드 다 줄게."

"뭐? 무슨 속셈이야?"

"사실은 아늑호수를 파란한테 바칠 생각이었어."

형의 얼굴에 안타까움이 스치고 지나갔다.

"얘기 들었어. 유감이다. 그래도 공짜로 받긴 좀 그런데."

"그렇지?"

단단히 쥐고 있던 주먹으로 형의 얼굴을 세게 쳤다. 손이 부서지는 줄 알았다. 얼굴이 아니라 쇳덩이를 치는 느낌이었다. 형은 아프기보다는 황당해하는 표정이었지만. 곧 내 인벤토리의 베르눔사우르스 카드가 형의 인벤토리로 이동했다.

"이제 형 용서할게."

나는 얼얼해진 손을 주무르며 말했다. 형은 더욱 황당해했다.

"뭘?"

"소월 누나랑 도경 누나 일로 나 열받게 한 거."

형이 피식 웃음을 터뜨렸다.

"많이 컸다, 너. 사람 갖고 놀 줄도 알고."

속이 후련했다. 그후 내가 한 일은 블라인드 윙 카드를 그 섬을 원하는 3기 동생에게 넘긴 거였다. 물론 때리진 않았고 금화를 적당히 받고 팔았다.

아늑평야도 큰물군도도 내겐 필요 없었다. 효준에게 런웨이만 있으면 되는 것처럼 내게 필요한 것은 그냥 땅이었다. 특정한 어느 땅이 아니라, 내가 설계한 건축물을 지을 수 있는 단단한 지반 말이다. 그건 극지방일 수도 있고 사막일 수도 있고 심지어 해저일 수도 있었다.

"간도 크다 노민아, 기동이 형 얼굴에 손을 대다니."

"먹은 게 다 간으로 갔나 봐."

수찬과 효준이 내가 한 짓에 놀라워하더니 곧 툴툴거렸다.

"목숨 걸고 한 일이 기동이 형을 위해서 한 게 돼 버렸네."

"아깝다, 아까워."

"미안해. 대신 내 무기랑 금화는 다 너희 줄게."

"넌 어쩌려고?"

"그냥 아무 땅이나 남는 거 받으려고."

"설마 파란한테 설득당했나?"

"아냐. 그냥 깨달았어. 난 보미나리로 내려가기만 하면 된다는 걸."

"이 야심 없는 녀석."

수찬은 내 야심을 몰라서 저런 말을 하는 것이었다. 어쨌거나 나는 랜드 러시를 그만둘 생각이 없었다. 수찬과 효준이 나를 도와줬으니 나도 그 애들을 도울 생각이었다. 소월 누나와 기동이 형도 돕고 싶었다. 세찬미르의 아이들을 다 돕고 싶었다. 원하는 땅을 얻지 못해 슬퍼하는 아이가 단 한 명도 없도록.

나는 게임 시간을 조금 줄였다. 남는 시간에는 보미나리의 지형과 기후에 대해 공부하기 위해 인트라넷을 파고들었다. 아이들이 다양한 지역에 대해 더 잘 알면 특정한 땅을 두고 경쟁하는 일이 좀 줄지 않을까 해서였다.

랜드 러시가 보여 주는 각 땅의 장단점은 단순했다. 경제적인 가치가 있느냐, 없느냐였다. 사냥의 난이도에 그런 기준을 적용한 건 게임을 개발할 시간이 부족해서 그런 것도 있겠지만, 개발자들이 땅을 보는 시야가 좁아서 그런 것도 있을 것이다. 그렇다고 보석이 형을 탓할 수는 없었다. 원래 우리는 보미나리를 개발의 대상으로 보도록 길러졌으니까.

랜드 러시와 다른 관점으로 땅을 보는 사람으로는 효준이 있었다. 효준은 사막도 좋다고 했었다. 패션만 살아남는 땅이 될 거라고. 효준은 어떤 땅을 받더라도 그 땅이 가진 의미를 찾을 수 있는 아이였다.

효준처럼 땅에 스토리를 입히면 단점 투성이 땅도 매력적인 땅으로 탈바꿈할지 몰랐다. 개발 가치가 전혀 없는 변두리의 습지가 생물다양성을 보존하는 역할을 한다든가, 산으로 둘러싸여 있어 교통이 불편한 분지가 명상과 구도求道의 성지가 된다든가 하는 식으로.

그림과 레고밖에 모르는 내가 이런 생각을 해낸 것은 효준 덕분이기도 하고 소월 누나 덕분이기도 했다. 누나가 영화를 이용해 남을 설득하는 모습을 어깨 너머로 보고 배운 것이다.

보미나리의 지형 공부를 야심차게 시작했지만 며칠 만에 난항에 부딪혔다. 보미나리의 지형과 기후가 너무도 다양한 탓이었다.

그럴 때 내게 힘이 되어 줄 존재는 엘턴이었다. 무엇을 어디에서부터 시작해야 할지 몰라 막막할 때 엘턴은 등불을 들어 올바른 방향을 알려 주었다. 내가 건축가를 꿈꾸면서 무슨 과목을 들어야 할지 몰라 고민할 때도 그랬다. 엘턴은 세심하고 다정하게 내 생각을 이끌어 내며 도와줬었다.

언제나 그랬듯 상담실을 문을 열자 엘턴은 기다렸다는 듯이 반가운 얼굴로 나를 맞았다. 엘턴이 다중 의식을 가진 존재이며 우리가 보고 듣는 모든 것을 함께 보고 듣는다는 사실을 생각하면 이상한 일이 아니었다.

우리는 엘턴에게 일거수일투족을 보이고 있다는 사실에 종종 불만을 가지기도 했지만 안도감을 느낄 때가 더 많았다. 내가 괴롭고 슬프고 위험에 처해 있을 때, 어느 누군가는 그런 나를 지켜보고 있으리라는, 그리고 그가 그렇게 지켜보고만 있지는 않으리라는 안도감이었다.

"노민, 새로운 공부는 잘 돼 가나요?"

"공부할 게 너무 많아서 마음이 급해요. 게임이 끝나기 전에 새로운 지도를 그리고 싶은데……."

"우선, 노민이 새로운 지도를 그리려는 것에 찬성한다는 말을 하고 싶습니다. 정말 좋은 생각이에요. 땅이 금전적인 가치가 있느냐의 문제를 떠나 그 나름대로 의미가 있다는 생각은 보미나리의 환경을 보전하는 데에 도움이 될 테니까요. 그런 뜻에서, 조바심을 버리고 멀리 보라고 말하고 싶군요."

"하지만 저는 게임이 끝났을 때 모든 아이들이 자신이 원하는 땅을 받았으면 좋겠어요."

"게임은 끝나지 않습니다. 여러분이 각자의 땅을 받은 후에도 게임은 계속될 거예요."

생각해 보니 맞는 말이었다. 우리가 보미나리에 정착한 이후에도 토지 이용권을 사고파는 거래는 계속될 테니까.

"노민은 땅에 이야기를 부여하고 싶어 하죠. 이야기는 살아 있는 것입니다. 생명은 변화와 동의어이고요. 이야기는 태어나서 살다가 죽기도 하고 변화에 적응해서 다른 삶을 살기도 합니다. 진화하는 존재죠, 여러분의 영혼처럼요."

다시 땅과 영혼인가. 나는 엘턴이 하고자 하는 말이 무엇인지 알 것 같았다. 땅이 가진 이야기, 즉 땅의 영혼은 우리가 주입할 수도 있지만 스스로 존재하기도 하는 거였다. 그리고 그게 꼭 한 가지 모습만 하고 있으란 법도 없었다. 비로소 나는 부담감을 내려놓을 수 있었다.

"그럼 제가 지금 가진 것부터 시작해 볼게요."

이를테면 이런 것이었다. 아늑평야의 아늑호수에는 괴물이 산다. 어느 날 그 괴물은 호수를 찾아온 한 소녀에게 반해 소녀를 납치한다. 소녀의 아버지인 아늑평야의 영주는 딸을 구해 오는 사람에게 자신의 땅을 물려주고 딸과 결혼을 시켜 주겠다고 선언한다. 용맹한 기사들이 호수를 찾아오지만 모두 호수로 끌려가고 단 두 명의 기사만이 남았다. 두 기사는 서로 약속을 한다. 힘을 합쳐 공주를 구한 다음, 한 사람은 땅을 물려받고 한 사람은 소녀와 결혼하자고. 하지만 두 사람의 속마음은 똑같다. 땅도 소녀도 독차지하겠다는 생각. 이때부터 두 기사의 협동과 경쟁이 시작된다. 두 기사는 우여곡절 끝에 소녀를 구하는데 성공하지만 반전이 있다. 소녀는 납치된 게 아니었다. 우연히 호수를 찾았다가 괴물과 사랑에 빠진 것이었다. 이 사실을 알게 된 두 기사는…….

나는 이 스토리를 보석이 형에게 말해 주고 애니메이션을 만들어 게임에 추가해 달라고 말해 볼 생각이었다. 형이 싫다고 할 것 같진 않았다. 오히려 게임이 풍성해진다고 좋아할 것 같았다.

우리는 다른 땅에도 스토리를 만들 수 있을 것이고 스토리를 공모할 수도 있을 것이다. 인기가 없는 땅일수록 공모전의 상금을 높이면 좋을 스토리가 많이 탄생할 수 있을 것이었다.

"좋은 아이디어군요. 상금은 제가 준비하도록 하겠습니다. 금화나 포인트가 좋겠죠."

엘턴이 말했다. 고민이 해결됐지만, 나는 상담실을 나가지 못하고 미적거렸다. 엘턴은 내가 왜 그러는지 알고 있었다.

"노민이 요즘 공부 중인 게 또 있지요? 그 얘길 하고 싶은 것 같군요."

엘턴의 말이 맞았다. 나는 인트라넷을 뒤지며 보미나리의 지형과 기후를 자세히 알아보는 가운데 다른 것도 공부했다. 회사에서 보유한 테라포밍 경과와 결과 보고서였다. 모두 이곳에서 최소 몇 광년에서 몇 십 광년은 떨어진 곳에서 보내온 것들이었다. 실시간으로 테라포밍 현황을 알 수는 없지만 테라포밍이 어떻게 진행됐는지 그 역사적인 흐름은 알 수 있었다.

그중 내가 유심히 본 것은 회사에서 보낸, 착륙 전까지의 여정이었다. 개척 우주선이 각 행성에 착륙한 이후가 아니라.

나는 놀라운 사실을 발견했다. 모든 여정마다 분리파가 들고 일어났었다는 사실이다. 그들이 스스로를 부르는 이름은 다 달랐지만 주장하는 바는 판에 박힌 듯 똑같았다. 회사에서 주입한 과업을 거부하고 우주를 영원히 날기를 바라거나 지구로 돌아가기를 염원한 것이다.

봉기의 결과는 어땠을까. 그들은 우리가 그런 것처럼 산통과도 같은 그 과정을 겪으며 주어진 과업을 받아들였다. 그중엔 체념한 아이도 있고, 타협한 아이도 있겠지만 말이다. 그런데 또 하나 놀라운 점이 있었다. 비율의 차이만 있을 뿐 매 여정마다 정말로 분리되어 나간 아이들이 존재한 것이다.

회사는 경험상, 이러한 과정을 피할 수 없다는 것을 알고 있었다. 아이들을 대동단결하게 만들려면 꼭 필요한 일이라는 것도. 마지막까지 저항하는 아이들을 억지로 잡아 두면 회사와 개척민들에게 좋지 않은 결과를 안겨 줬다. 착륙 후에 반정부단체를 조직한다거나, 테라포밍 작업 때 실수를 연발하는 식으로 말이다.

따라서 개척 사업과 관련된 규정에는, 이 시스템을 거부하고 떠나는 인원이 반드시 나타날 것이므로 그에 따른 손실을 예상해 우주선에 냉동 배아와 자원을 조금 넉넉히 싣는다는 방침이 있었다. 그러한 여분의 냉동 배아와 자원에 대한 지불비용은 특이하게도 재무제표에서 자산의 증가가 아닌 자본의 감소로 기록됐다. 그만큼을 미리 손실을 본 것으로 처리한 것이다.

"엘턴, 이제 우리가 할 수 있는 건 더 이상 없는 거죠?"

"파란을 설득하는 문제에 대해 묻는 것이라면, 대답은 '그렇다' 입니다."

"그렇다면 왜 파란에게 떠나라고 하지 않는 건가요?"

"그러려면 여러분의 동의가 필요하기 때문입니다."

"왜죠?"

"여러분 앞으로 돌아갈 자원을 일부 떼어 내야 하니까요."

"그런 것 같더라고요. 하지만 엘턴은 우리가 이 지경이 될 때까지 그런 규정이 존재한다는 사실을 알려 주지 않으셨어요. 도대체 왜 그러신 건가요?"

"왜인지 알 거라고 생각합니다."

그것은 아이들이 단결하게 만드는 것 외에도 자원의 실제 손실을 최소화하기 위해서일 것이다. 그게 성공하면 미리 손실로 처리한 금액과 실제 손실과의 차이가 이익으로 기록될 거고, 늘어난 이익은 투자자들의 관심을 살 것이다. 회사의 위기 관리 능력도 칭찬받을 거고.

"그렇다면 제가 먼저 그 규정에 관해 묻기를 기다린 건가요?"

"그렇습니다. 이 일에는 노민처럼 관대하고 유연한 사고를 가진 사람이 등장해 양 진영을 중재하는 단계가 예정돼 있거든요."

방금 전에 엘턴에게 느낀 사랑과 감사를 모욕으로 되돌려 주고 싶었다. 당신은 회사의 철저한 수족이자 개라고, 당신의 그 양면성은 도대체 어디에서 오는 것이냐고, 당신의 진짜 모습은 무엇이냐고도 묻고 싶었다.

어쨌든 파란을 돕기 위해 내가 할 일이 무엇인지 분명해졌다. 나는 복잡한 마음 속에서 서서히 결심이 굳는 것을 느끼며 엘턴을 바라보다 상담실을 나왔다.

도경 누나와 소월 누나를 호출했다. 새로운 스토리를 준비해야 할 때였다.

*

　나와 엘턴의 대화를 들은 뒤, 두 누나는 극과 극의 반응을 보였다. 도경 누나는 분을 이기지 못했고, 소월 누나는 엘턴에게 실망했지만 잠시 생각한 뒤에는 이해 못 할 일은 아니라고 결론지었다. 도경 누나는 그 말에도 파르르 떨었다.

　"우릴 무슨 재고 취급을 하는데, 이해가 된다고?"

　"원래 회사들은 직원을 그렇게 취급해. 인적 자산이니 인재니 하는 말이 다 그런 뜻이잖아."

　"넌 물건 취급 받는 게 좋니?"

　"아니. 그냥 어쩔 수 없는 일이라고 받아들일 뿐이야."

　"네가 그렇게 포용력이 좋은지 몰랐어."

　"못 받아들이겠으면 파란이랑 함께 떠나든가."

　도경 누나는 소월 누나를 노려보며 입을 앙다물더니 곧 표정을 풀었다.

　"그럴 생각이었으면 배양실에 날 가두고 그 주접을 떨지 않았겠지. 어쩌겠어. 이 시스템을 이해할 수는 없지만 적응해서 살아가야지."

　도경 누나는 세상 다 산 사람처럼 서글픈 얼굴이 되었다.

　"약점을 잡힌 거야. 인간이 고독을 견디지 못하는 동물이라는 약점."

쌉쌀함과 냉기를 동시에 담은 말이었다. 소월 누나가 가만히 듣다가 말했다.

"그런데 너도 그렇고 다들 간과하는 게 있어."

도경 누나가 소월 누나를 돌아봤다. 그 눈빛은 마치 '내가 그런 짓을 했을 리가 없지만, 어디 한 번 말해 봐' 하고 말하는 것 같았다.

"회사가 왜 우리 같은 아이들을 보내는가 하는 점이야."

"왜긴? 우리가 떠나올 때까지만 해도 동면 기술이 완성되지 않아서 그런 거잖아."

소월 누나는 고개를 저었다.

"단순히 개척이 목적이라면 로봇만 보내면 돼. 우리가 없어도 로봇들은 알아서 광물을 캐고 씨를 뿌리고 건물을 지을 테니까. 그런 다음에 사람을 보내도 될 일이야. 근데 왜 굳이 사람을 직접 보내 개척을 하라고 할까? 생각해 본 적 있어?"

"그거 혹시 엘턴한테 들은 얘기야?"

내가 묻자 소월 누나가 피식했다.

"아니, 내가 생각한 거야."

소월 누나가 도경 누나를 돌아봤다.

"너희들이 그렇게 들고 일어섰을 때 나도 아무 생각이 없었던 건 아냐. 너희처럼 의문을 가졌었고 생각을 해 봤어. 그러다 그런 생각이 떠오른 거야. 회사는, 아니 우리 조상들은 왜 우릴 보냈을까."

도경 누나와 내가 아무 대답을 못 하자 소월 누나가 말했다.

"그 사람들은 이야기를 원한 거야. 자기들을 위한 이야기일 수도 있고, 우리를 위한 이야기일 수도 있어. 어쨌든 사람들은 우리가 스스로 땅을 개척하고 일구면서 땅과 연결되기를 바랐던 거야. 그럼 우리는 그 땅에서 솟아오른 나무처럼 그 땅을 더욱 사랑하고 아낄 수 있을 테니까."

"흠······."

도경 누나가 턱을 괴고 생각에 빠지자 소월 누나가 말했다.

"로봇들이 반짝반짝 잘 닦아 놓은 땅에 이주민들이 오면 무슨 생각이 들까. 그 땅이 자신들의 땅 같을까?"

나는 잠시 생각해 보고 고개를 저었다.

"땅이 보이지도 않을걸. 건물과 도로에 뒤덮여서."

소월 누나가 빙긋 웃었다.

"그래, 그럴 경우 사람들한테 보미나리는 나와 내 후손들이 살아갈 터전이 아니라 건물과 도로를 받치고 있는 받침대로만 보일 거야. 사고팔기 좋은 상품으로."

"아······."

도경 누나가 감탄사를 내뱉었다. 나도 마찬가지였다. 우리가 땅을 존중하고 땅과 하나가 되길 바랐다니. 조상들이 그렇게 감성

적일 거라고는 생각해 보지 못했다.

　우리가 소월 누나의 얘기를 곱씹느라 말이 없자 누나는 멋쩍어 하며 말했다.

　"사실은 나 혼자 내린 결론이야. 정말 그런 건지 엘턴한테 물어보진 않았어. 아니라고 하면 슬플 것 같아서."

　그때 도경 누나가 말했다.

　"네 생각이 맞을 거야. 아니, 우린 그렇다고 믿어야 해. 그 믿음도 우리가 쓸 이야기의 일부가 되겠지."

　"그래, 그게 이야기의 시작일 거야."

　소월 누나와 도경 누나가 마주보며 싱긋 웃었다. 나는 기쁘면서도 어리둥절해졌다. 엘턴은 내가 중재자 역할을 한다고 했는데, 내가 한 일이라고는 이 둘을 한자리에 불러 모은 것밖엔 없었으니까. 분리파와 잔존파의 두 수장은 내 도움 없이 서로를 중재하고 있었다.

　"그럼 이제 파란이 떠날 수 있게 작전을 세워 볼까."

　소월 누나가 예의 의뭉스러운 웃음을 지으며 스마트패드를 꺼냈다. 화면에 뜬 것은 어느 영화의 포스터였다.

　"노민이 얘길 듣고 적당한 영화가 떠올랐어. 내 방으로 가서 같이 보자."

　누나가 보여 준 영화는 빈센트 반 고흐의 인생과 예술관을 다룬

〈열정의 랩소디〉라는 제목의 전기 영화였다. 옛날 영화 중에서도 상당히 오래된 작품이라 배우들의 표정과 동작이 과장되고 연극적이었지만 배우의 마음만큼은 진심인 것이 느껴졌다.

고흐는 신과 신이 창조한 자연을 사랑했고 그걸 화폭에 담아 세상에 감동을 주고자 했다. 하지만 사람들이 자신의 그림을 봐 주지 않아 절망과 외로움을 느끼는 한편, 자신이 느낀 것을 제대로 그려 내지 못한다는 생각에 좌절하고 괴로워했다.

우리는 시간 가는 줄 모르고 영화를 봤고 결말 즈음에는 그가 벌인 광기를 고스란히 이해하게 되었다. 타임머신이 있다면 타고 날아가 그를 응원해 줬을 텐데, 하는 안타까움이 들 만큼.

누나의 선택은 탁월했다. 감탄하지 않을 수 없었다. 미치광이라 불릴 만큼의 열정과 천재적인 감각으로 그림을 그렸으나 세상으로부터 외면당한 예술가, 빈센트 반 고흐. 아이들이 파란의 심리와 예술 세계를 이해할 수 있도록 하는데, 파란이 떠날 수 있도록 하는데, 더 나아가 아이들로 하여금 파란의 결정을 응원할 수 있도록 하는데 이보다 더 좋은 이야기가 있을까?

도경 누나도 고개를 끄덕였다.

"파란이랑 잘 어울려. 근데 이걸로 뭘 어떻게 하지?"

"파란에 대한 영화를 만들어 보는 게 어떨까 싶어. 이 영화의 스토리를 참고해서. 물론 결말은 바꿔야겠지. 고흐처럼 죽는 게 아니라 예술혼을 불태우기 위해 우주로 떠난다는 식으로."

"영화 찍는 거 몇 년은 걸리지 않아?"

내가 묻자 소월 누나가 말했다.

"엘턴이 우리를 보고 있었잖아. 그걸 이용하면 될 것 같아."

"좋은 방법이네. 그럼 엘턴한테 물어볼게. CCTV 영상을 쓸 수 있는지."

"그래. 개인 정보라서 아이들 동의도 받아야 될 거야."

"그것도 내가 받을게."

그때 도경 누나가 말했다.

"나도 같이 받을게. 파란이한테 영화 찍는 거 동의하는지도 물어보고. 동의하면 이 영화와 반 고흐의 그림을 보고 새로운 안무를 짜 줄 수 있는지도 물어볼게."

"좋아. 난 그럼 각본을 쓰고, 유탄이한테 촬영 좀 해 달라고 할게. 걔가 카메라를 잘 다루니까."

우리는 하이파이브를 한 뒤 각자의 할 일을 하러 떠났다.

*

번갯불에 콩 구워 먹듯이 닷새 만에 파란에 대한 영화가 만들어졌다. 그렇다고 대충 만든 건 절대 아니었다. 우리는 나름대로 심혈을 기울였다.

영화의 주인공은 파란, 각본과 감독은 소월 누나, 촬영은 유탄이 형, 의상은 여진, 분장은 효준, 조명은 나, 홍보는 수찬, 음악은 지혁이 형, 미술은 보석이 형, 편집은 도경 누나와 기동이 형의 도움을 받아 소월 누나가 담당했다. 다 함께 밤을 지새우는 나날이었다.

새로 찍은 장면은 많지 않았다. 우리에겐 엘턴의 눈과 귀가 있었으니까. 엘턴과 아이들의 도움을 받아 엘턴이 촬영한 장면들을 쓸 수 있었다. 아이들의 동의를 받는 건 그리 어렵지 않았다. 자신들이 영화에 나온다는 소식에 다들 반가워한 것이다.

쉽게 풀 수 없는 문제는 지난 15년 동안 기록된 영상들 중에 어느 것을 고를 것인가 하는 점이었다. 우리는 파란과 엘턴과 함께 이야기를 나누며 영상을 골랐다. 파란이 아기 때 다른 아이들보다 민첩한 동작으로 선내를 날아다니던 일, 세 살 때 공중제비를 돌다가 환기구에 발이 껴서 애를 먹은 일, 여섯 살 때 마이클 잭슨의 〈스릴러〉 뮤직비디오를 보며 춤을 따라 추다가 몸이 마음처럼 움직이지 않자 눈물을 흘리던 일, 열한 살 때 머리를 기르기로 결심하면서부터 엘턴과 다툰 일 등등.

고맙게도 우리가 찾는 영상마다 엘턴이 그때의 시간과 장소를 정확히 알려 줘서 영상물을 다 뒤질 필요가 없었다. 또 엘턴은 파란조차 잊고 있었던 중요한 일도 기억하고 있었다. 그중 가장 뜻밖인 사건은 파란이 아홉 살 때 어느 해양 다큐멘터리를 넋을 잃고 시청한 일이었다.

"문어는 파란에게 영감을 준 존재 중 하나입니다. 그러므로 그 장면이 꼭 들어가면 좋겠군요."

"아, 기억났어요. 제가 왜 이렇게 문어를 부러워하게 됐는지."

파란은 수줍게 웃으며 엘턴에게 고맙다고 했다.

소월 누나가 영화에 꼭 넣어야 한다고 주장하는 장면에는 내가 등장할 때가 많았다.

"고흐에게 테오가 있었다면 파란에게는 네가 있으니까."

그 결과 내가 찬탄의 눈빛을 담아 춤추는 파란을 바라보던 일, 밤마다 춤추는 파란을 그리던 일, 파란을 위해 스노볼을 만들던 일, 광장에서 파란과 나눈 대화와 포옹 모두 영화에 들어가게 되었다. 얼굴을 들 수가 없을 정도로 부끄러웠지만, 나는 파란을 위해 그 장면을 영화에 넣는 것을 허락했다.

"그럼 고갱은 누가 맡아야 할까?"

"그것도 파란이가 할 거야."

"파란이?"

"1인 2역을 할 거거든. 이중인격으로."

말하자면 파란이 착륙을 앞두고 보미나리로 내려가고 싶어 하는 인격과 우주로 떠나고 싶어 하는 인격으로 분리되어 다투다가 결국에는 우주로 떠나려는 파란이 이기면서 예술 정신이 승리한 다는 스토리였다.

닳고 닳은 설정이 아닌가 싶었지만, 사실 파란에게 가장 큰 적은 엘턴도 회사도 아닌, 보미나리로 가고 싶은 마음을 완전히 버리지 못하는 자신일 테니 꼭 필요한 설정인 것도 같았다. 그래서 영화는 약간 스릴러 분위기를 띠게 되었다.

새로 찍은 장면은 파란이 고흐의 작품을 주제로 춤을 추는 장면이었다. 소월 누나는 엘턴의 허락을 받아서 저녁 식사 시간에 〈열정의 랩소디〉를 상영했다. 아이들이 영화를 보고 예술가의 인생에 대해 생각해 볼 수 있는 시간을 미리 마련하려는 거였다. 파란도 그 영화를 봤고, 거기에 등장하는 고흐의 그림에서 영감을 받아 안무를 짰다. 〈까마귀가 나는 밀밭〉이라는 작품이었다.

언뜻 보면 그 작품은 거센 바람이 부는 황량한 밀밭과 그 위를 나는 까마귀 떼 때문에 우울하고 불안한 분위기를 풍긴다. 하지만 파란은 그 그림에서 다른 것을 봤다고 했고, 소월 누나는 그 이야기도 스토리에 반영했다. 그래서 영화 속 두 파란은 하나의 그림을 보고 서로 다른 이야기를 한다. 춤을 포기하고 보미나리로 내려가려는 파란은 죽음과 고독을, 춤을 계속 추기 위해 우주로 떠나려는 파란은 생명과 활기를.

"모두가 살아 있어. 바람, 구름, 밀, 까마귀, 그 모든 것이 한데 어우러져 힘차게 움직이고 있어. 그리고 그 한가운데로 길이 뻗어 있지. 너도 그곳으로 달려가 그들과 함께 춤을 춰 보라고. 그 끝이 어디인지 맘껏 네 몸을 던져보라고. 저 밀밭이 나의 무대인 거야."

그림을 주제로 파란은 두 가지 안무를 짰다. 두 인격의 파란이 각자 느낀 감상을 바탕으로 하는 춤이었다.

'죽음과 고독의 춤'에서 파란은 어두운 옷을 입고 무서운 분장을 한 뒤 어두운 조명 아래에서 무겁고 축축 늘어지는 듯한 춤을 췄다. '생명과 활기의 춤'에서 파란은 밝은 옷을 입고 화사한 분장을 한 뒤 환한 조명 아래에서 가볍게 통통 튀어 오르는 듯한 춤을 췄다.

유탄이 형이 두 춤을 다각도로 촬영하고 소월 누나가 두 영상을 교차 편집하여 두 인격의 파란이 경합을 벌이는 것처럼 연출했다.

그 장면은 영화의 결말이 되었다. '죽음과 고독의 춤'을 추는 파란은 에너지를 잃어 소멸하고, '생명과 활기의 춤'을 추는 파란은 그림 속으로 들어가 그림의 일부가 되었다.

보석이 형은 고흐 풍으로 파란을 그려서 〈까마귀가 나는 밀밭〉과 합성했다. 그림의 제목은 〈파란이 춤추는 밀밭〉이 되었다. 그건 영화의 제목이기도 했다. 그 그림이 영화의 마지막 장면이 되었음은 물론이다.

결말에서 두 춤을 출 때 파란은 동작뿐만 아니라 표정도 달랐다. 몸도 마음도 춤과 완전히 하나가 된 모습이었다. 한 사람의 얼굴에서 어떻게 저렇게 상반되는 표정이 나올까 신기했다. 그 모습을 보고 있으니 정말로 파란의 마음속에 두 개의 인격이 존재하는 것처럼 으스스하기도 했다.

엘턴과 소월 누나가 고른 CCTV 영상에서도 파란은 내가 모르는 얼굴을 하고 있을 때가 많았다. 파란은 다른 아이들로부터 춤에 미친 애로 취급받을 때, 사람들 앞에서는 아무 내색을 하지 않았지만 혼자 있을 때는 그 열정을 탓하고 미래를 고민했다.

그럴 때 파란의 얼굴에 자연스럽게 떠오른 표정은 평소에는 전혀 볼 수 없는 것들이었다. 나는 그 표정들을 보며 파란이 그간 무슨 생각을 해 왔는지 비로소 알게 되었다. 파란도 여느 아이들처럼 고뇌하고, 갈등했다. 그리고 외로웠다.

영화는 성공적이었다. 파란이 미쳤다고 수군대던 아이들이 파란을 이해하기 시작했다. 그중 하나가 수찬이었다. 수찬은 거기서 끝나지 않고 〈새소식 찬찬찬〉에 파란을 초대해 토크쇼를 열었다.

「……3기 어린이 재희가 이렇게 말했습니다. 〈파란이 춤추는 밀밭〉은 제가 본 가장 감명 깊은 영화였어요. 저는 그 영화를 보면서 세상을 보는 눈이 커지는 느낌을 받았어요. 세상이 완전히 다르게 보이기 시작했죠. 특히 제 자신에 대해서요. 파란 언니의 열정을 닮고 싶어요. 언니가 꼭 안무를 완성했으면 좋겠네요. 언니 사랑해요.」

수찬이 영화의 감상평을 소개한 뒤 멘트를 덧붙였다.

「네, 우리 3기 어린이 재희가 손수 보내온 편지였습니다.」

「고마워요, 재희. 재희의 마음과 편지 모두 소중히 간직할게요.」

「저도 재희와 같은 마음입니다, 파란. 꿈을 이루기를 바랄게요.」

「응원 감사합니다.」

「재희의 편지를 읽는 동안 게시판에 글이 하나 올라왔습니다.」

수찬이 글을 훑어보는지 잠시 침묵이 흘렀다.

「네, 이건 영화의 감상평이라기보다는 파란의 춤에 관한 경제적인 분석이라 해야겠군요. 그럼, 읽어드리겠습니다. 파란의 예술을 응원하는 것은 경제적으로도 큰 가치를 지닌다. 나의 이 주장이 아직도 남아 있는 분리 반대론자들의 마음을 돌릴 수 있기를 바란다. 파란은 지금껏 그 누구도 창조하지 못한 예술을 창조했고 앞으로도 그럴 것이다. 파란이 창조한 안무와 영상들은 값을 매기기 힘들 정도로 귀한 예술 작품이 될 것이다. 당장은 개척과 관련된 일이 아니므로 사치나 낭비에 불과하다고 생각할 수도 있다. 하지만 개척이 끝나 여유가 생기면 우리는 문화와 예술을 갈구하게 될 것이다. 그때 파란의 춤은 우리의 삶을 더욱 풍요롭게 만들 것이다. 사람들은 파란의 무용을 보려고 지갑을 열 것이고, 후배 무용가들은 파란을 따르고 배울 것이다. 그들은 파란의 유산을 전 우주로 퍼뜨릴 것이며 우리 보미나리는 유연한 협동력으로 파란이라는 위대한 예술가를 배출한 미래지향적인 행성으로 칭송받을 것이다.」

다음날, 파란이 떠나는 것에 모두가 동의했다. 우주선의 자원 일부를 갖고 나가는 것에 대해서도. 엘턴의 허락이 떨어졌을 때 파란이 내게 말했다.

"우리가 사는 세계는 전혀 다르지 않아. 나는 앞으로 실패와 실수를 반복하더라도 부끄러워하거나 후회하지 않을 거야. 아무도 없는 새장 안에 외롭게 갇혀 있지도 않을 거고[14]. 다 네 덕분이야, 노민아. 고마워."

"네가 꿈꾸는 안무를 꼭 완성하길 바라. 완성되면 나한테도 보여 주고."

"응, 나도 네 꿈을 응원할게. 최고의 건물들을 지어서 보미나리를 멋지게 변신시켜 줘. 단, 보미나리가 아프지 않을 만큼만. 나 네가 설계한 건물들을 보고 싶어. 사진 보내 줘. 알았지?"

나는 꼭 그러겠다고 약속했다.

---

14 <열정의 랩소디>에서 빈센트 반 고흐가 동생 태오에게 한 말을 변형해서 인용함.

*

　드디어 그날이 다가왔다. 파란이 떠나는 날이었고, 보미나리 착륙 보름 전이었다. 파란은 엘턴과 실랑이를 벌였다.

　"파란, 생존에 필요한 것만 실어야 한다고 했습니다. 사치품은 허락할 수 없습니다. 현재 우리에게는 똥 한 덩어리조차 소중한 자원입니다."

　엘턴이 사치품이라 한 물건은 내가 파란에게 선물한 스노볼이었다. 파란은 스노볼을 갓 태어난 아기라도 되는 양 소중하게 끌어안았다.

　"생일 선물로 받은 거예요. 이 정도는 괜찮지 않나요?"

　"당장 재생기에 집어넣으십시오."

　엘턴의 기세도 만만치 않았다. 나는 엘턴도 화를 낼 수 있다는 걸, 그리고 그게 꽤나 무섭다는 걸 처음 알았다.

　파란이 타고 떠날 우주선이 준비됐다. 엘턴은 비상탈출선을 하나 골라 생존유지장치를 보강하고 파란의 예상 수명을 계산한 다음 그동안 소비할 보급품을 실었다. 파란은 그 배를 광년호라고 이름 지었다. '光年'이 아닌 '狂년'이었다.

　광년호가 떠날 시각과 그것이 떨어져 나갈 경우 줄어들 세찬미르의 중량을 감안해, 세찬미르호가 보미나리에 접근하는 경로가 조금 수정되었다. 어쨌든 경로가 변경되긴 한 것이다. 그런데 그 계산에 스노볼의 중량은 고려되지 않았다. 똥조차 귀중하다는 말은 진실 중의 진실이었다. 우리가 보미나리에 내려가더라도 당장 자원을 채굴하긴 힘들었다. 배양기에선 5기 아기들이 곧 태어나기를 기다리고 있었다.

"이러면 되겠죠?"

파란은 엉덩이까지 내려오는 머리를 전부 밀어 버린 다음 재생기에 집어넣었다. 민머리가 된 파란은 더욱 앙상해 보였다.

"모자랍니다."

파란은 샴푸와 비누를 가져왔다.

"당분간 씻을 일은 없을 거예요. 냄새 난다고 뭐라 할 사람도 없으니까요."

엘턴은 그제야 고개를 끄덕였다.

우리는 선착장에 옹기종기 모여서 파란을 배웅했다. 파란은 우리 얼굴을 잊지 않겠다는 듯이 한 명 한 명 눈을 맞추고 인사를 했다. 그리고 광년호에 오르기 직전 내게 날아와 나를 꼭 끌어안았다.

"보고 싶을 거야."

"나도."

아이들이 휘파람을 불고 환호성을 질러댔다. 그 소리가 아주 멀리서 들려오는 것 같았다. 이대로 파란과 함께 광년호에 올라버릴까 하는 충동이 이는 바람에 심장이 팔딱거렸다. 그때 엘턴이 다그쳤다.

"더 늦어지면 우리는 경로를 재계산해야 합니다. 지금 오르십시오, 파란."

파란은 안녕이라는 말은 하지 않았다. 광년호가 불을 뿜으며 세찬미르로부터 떨어져나갔다.

그렇게 파란은 떠났다. 나는 뒤늦게 무언가를 깨닫고 재생기 투입구로 달려갔다. 뚜껑을 열어 손을 넣고 미친 듯이 휘저었다. 파란의 머리카락을 한 올 찾아냈다. 언제나 느려 터진 나에게도 이 정도의 행운은 허락되었다.

*

하늘하늘 눈송이가 떨어졌다. 영하를 밑도는 날씨였지만 눈 덕분에 포근한 풍경이 펼쳐졌다.

"노민, 축하합니다. 정말 멋진 곳이에요."

"감사합니다, 엘턴."

내 나이 일흔다섯. 검버섯과 주름이 얼굴을 뒤덮고 머리는 백발이 되었다. 하지만 내 스마트워치에서 홀로그램이 되어 솟아오른 엘턴은 내가 어린 시절 내내 봤던 모습 그대로였다.

오늘은 내가 설계한 놀이공원 '크레이지 라니월드'의 개장일이 었다. 테라포밍은 12년 전에 성공적으로 마무리되었다. 그때부터 우리는 먹고사는 문제를 넘어선, 놀고 즐기는 문제에 마음을 쓰기 시작했다. 그리하여 여러 프로젝트가 시작되었다. 박물관, 미술관, 콘서트홀, 야구장 건설 등등.

그중 내가 맡은 프로젝트는 놀이동산 건설이었다. 나는 랜드 러시에서 아무도 원하지 않는 험한 협곡을 내 몫으로 받았다. 그곳은 협곡을 이루는 양쪽 산이 모두 높은 데다 건조하고 추워서 아무것도 자라지 못하는 바위투성이 땅이었다. 나는 그곳을 내버려두었다가 12년 전에 놀이동산을 짓는 조건으로 지방자치단체에 토지 이용권을 증여했다.

모두가 나를 미쳤다고 했다. 도로조차 닦기 힘든 그 높고 험한 곳에 놀이동산을 짓는다니. 남들이 생각지도 못한 설계 방식을 제시하면서 미쳤다는 말을 많이 들었지만 실상은 기분 좋은 칭찬이었다. 하지만 이번에는 진짜로 나를 미쳤다 했다.

나는 그 땅을 받으면서부터 구상한 스토리로 투자자들을 설득했다. 그곳이 태초에 보미나리를 창조한 자매신인 '보미'와 '나리'가 미끄럼을 타고 놀던 곳이라는 이야기였다. 그들이 미끄럼을 타려고 만든 산이니 우리가 그 뜻을 이어받아 놀이동산을 지어야 하지 않겠느냐고.

영화인이 아닌 마케터로 유명해진 소월 누나가 나를 도와서 광고를 만들었다. 저돌성 빼면 남는 게 없는 기동이 형이 투자설명회를 열었다. 인기 진행자로 변신한 수찬이 나를 인터뷰했고, 효준이 협곡에서 기상천외한 디자인의 윙 슈트[15]를 입고 다이빙하는 퍼포먼스를 열었다.

수많은 이들의 도움 끝에 투자자들이 지갑을 열었다. 나는 협곡의 험준한 지형을 살려서 사람들이 더욱 즐겁게 놀 수 있는 놀이동산을 설계했다. 가파른 산등성이와 협곡을 오르내리는 우주 최장 거리의 롤러코스터라든가, 산 정상과 정상을 지그재그로 잇는 집라인, 산 아래의 경치를 한눈에 감상하며 천상을 나는 기분을 느낄 수 있는 회전목마 같은 것이었다.

나와 시공사는 안전에 만전을 기했다. 덕분에 시간이 오래 걸리기는 했지만 단 한 건의 사고 없이 놀이동산을 완공할 수 있었다.

개장일인 오늘, 나는 크레이지 라니월드의 진정한 매력은 눈 오는 날이라는 걸 깨달았다. 협곡에 눈이 내리고 있었다. 협곡 특유의 돌풍이 불 때마다, 눈과 놀이기구와 사람이 뒤섞여 놀이공원 전체가 하나의 스노볼인 것 같은 장관이 연출됐다.

엘턴과 이야기를 나누는 내내, 우리의 머리 위에서 즐거움 가득

---

[15] 양팔과 양다리 사이에 날개가 달려 공중을 활강할 수 있게 만든 옷.

한 비명소리가 들려 왔다. 롤러코스터가 하늘에 닿을 듯이 솟구쳤다 떨어지면서 사람들이 지르는 비명이었다. 산등성이에서 협곡까지 순식간에 내려온 롤러코스터가 내 앞에서 급회전하자 어느 젊은 여자의 머리카락이 빠르게 휘날리며 공중의 눈송이를 튕겼다. 그 모습을 보며 나는 파란을 떠올렸다.

"저도 타 보고 싶네요. 몸이 없는 게 아쉬울 정도예요."

엘턴이 롤러코스터를 보며 감탄했다.

"도와드리고 싶은데 방법이 없네요."

"괜찮습니다. 아무튼 대단한 일을 해내셨습니다."

"다 엘턴이 도와준 덕분이죠."

엘턴은 언제부턴가 우리를 관리·감독하는 위치에서 내려와 정부에 조언을 해 주는 고문이 되었다. 정부가 놀이동산 건축 허가를 내 주지 않으려 할 때도 엘턴은 나를 믿어 보라며 그들을 설득했었다.

"파란에게서 소식은 없습니까?"

"아직은요."

9년 전에 받은 것이 마지막 소식이었다. 파란과 나는 지금까지 꾸준히 연락을 주고받았다. 처음에는 내가 보낸 전파가 광년호에 도달하고 파란이 보낸 전파가 보미나리로 날아오는 데까지 몇 초 정도의 시간밖에 걸리지 않았다.

그 시간은 점차 길어져 몇 분, 몇 시간, 나중에는 며칠, 몇 주가 되었다. 9년 전에 받은 소식은 내가 전파를 보낸 지 무려 5년 만에 받은 것이었다. 파란이 최대한 빨리 답장한 걸 알면서도 초조해졌다. 지금 내가 보내는 전파는 언제쯤 파란에게 닿을까? 화면 속 파란은 나처럼 늙어가고 있었다.

　「외롭지도 않고 우울하지도 않아. 너와 얘기할 수 있어서인 것 같아.」

　나는 다행이라고 중얼거렸다. 파란이 그 말을 언제 듣게 될지, 아니, 듣게 될지 어떨지도 알지 못한 채로. 그런 내게 파란은 마법 같은 대답을 들려 주었다.

　「네가 있어서 얼마나 다행인지 몰라.」

　영상 속의 파란은 다양한 모습들의 빌딩에 둘러싸여 있었다. 상층부에서 공기 중의 수분을 응결시켜 하층부로 내려 보내는 기암절벽 모양의 수자원 공사 빌딩, 태양광 발전으로 전기를 자급자족하는 나무 형태의 아파트, 인위적으로 빌딩풍을 발생시켜 바람의 힘으로 전기를 생산하거나 공기를 정화시키는 쌍둥이 빌딩들. 모두 내가 설계한, 친환경적이고 아름다우면서도 생활의 편의를 극대화했다는 평을 받은 빌딩들이었다. 파란은 그걸 전부 홀로그램화해서 벽에 띄워 놓았다.

　「정말 멋진 숲이야. 이 빌딩숲 안에 들어와 있으면 숨이 탁 트이는 것 같아.」

파란은 여전히 안무를 연구 중이라고 했다. 자신이 꿈꾸는 것
에 근접했다며 보여 준 영상들은 정말 놀라웠다. 머리카락과 함께
온 사지를 일렁이는 파란은 거대한 문어 같기도 하고, 백만 마리
의 나비 떼 같기도 했다. 팔다리를 활짝 펼친 채로 회전할 때는 마
치 거대한 수레바퀴가 구르는 것 같았고, 몸을 일직선으로 쭉 편
채 이쪽저쪽을 점프할 때는 불타는 혜성이 우주를 가로지르는 모
습을 본 것 같았다.

파란의 기다란 머리카락은 뿌리부터 중간까지 하얗게 세어 있
었다. 머리카락들이 하느작거리는 모습을 볼 때면, 나는 마치 한
편의 기하학적 추상화를 보는 듯한 착각에 빠졌고, 때로는 파란이
커다란 스노볼 속 피규어인 것 같은 오묘한 느낌을 받기도 했다.

또한 파란은 나이가 믿기지 않을 정도로 유연했다. 아니, 오히
려 더 유연해진 것 같았다.

"무릎 괜찮아?"

「관절염 같은 건 없어. 중력이 없잖아.」

파란은 내가 뭘 물었는지 아는 것처럼 말하며 웃었다. 작년에
인공 연골을 무릎에 넣은 나는 부럽다고 답했다.

파란이 그 말을 들을 때쯤이면 난 재수술을 몇 번 더 받았을지
도 모른다. 어쩌면 내 폐에 생겼다는 조그만 종양이 온몸으로 퍼

져 이 세상 사람이 아닐지도 모르고.

그렇다 하더라도 아쉬울 것 없는 인생이었다. 나는 보미나리를 내가 설계한 건물들로 뒤덮겠다는 야심을 이뤘고, 파란을 먼발치에서 바라보겠다는 소원도 이뤘다. 다만 걱정되는 것은 내가 파란보다 먼저 세상을 뜰 경우 파란이 느낄 상실과 고독, 우울이었다.

"엘턴, 부탁 하나만 들어 주시겠습니까?"

"죽여 달라는 것만 빼면 뭐든지요."

나는 웃음을 터뜨렸다.

"정반대입니다, 엘턴. 제가 계속 살도록 해 주십시오."

엘턴은 그러겠다고 했다. 내가 파란보다 먼저 죽으면 내 모습으로 변해 파란에게 답장을 보내 주겠다고.

"고맙습니다. 맘이 놓이네요. 그럼 이제 놀아 봐야겠습니다."

나는 왼손 약지에 낀 반지를 한번 어루만지고 돌아섰다. 파란의 머리카락으로 만든 메모리얼 다이아몬드가 반지를 장식하고 있었다. 내가 죽으면 나와 함께 관으로 들어갈 반지였다.

아까부터 손자 손녀 들이 나를 부르던 참이었다. 엄마아빠도 아니고 할아버지와 함께 회전목마를 타야 한다며. 나는 개척 중에 사고로 부모를 잃은 아이들을 입양해서 키웠다. 그것은 아이를 많이 낳는 것을 미덕으로 여기는 이 개척 사회에서 아이를 낳지 않은 내가 사회에 기여할 수 있는 방법 중 하나였다. 아이를 갖고

싶었지만 결혼하지 않기로 결심했으니 입양하는 수밖에 없기도
했다.

　기자들이 미치광이 건축가가 손자들과 함께 회전목마를 타는
모습을 찍으려 이제나저제나 기다리고 있었다. 나는 아이들의 머
리를 하나하나 쓰다듬은 뒤 앙증맞은 손을 꼭 잡고 회전목마로 향
했다.

작가의 말

『너는 스노볼 속에』(이하『스노볼』)는 약 2년 반 전에 쓴 60매 분량의 단편에서 출발했습니다. 분리파와 잔존파의 토론회에서 시작해 노민이 파란에게 스노볼을 선물하고 파란이 광년호를 타고 떠나고, 시간이 흘러 나이 든 노민이 자신이 설계한 놀이공원을 둘러보는 장면으로 끝나는 간단한 이야기였죠.

　토마토출판사에서 경장편 출간 제의를 받은 뒤 저는 개작을 염두에 두고 있었던 이 작품을 좀 더 세밀하게 파고들기 시작했습니다. 덕분에 단편에서는 묘사하지 못했던 세찬미르호의 구조와 외양, 아이들의 일상, 아이들의 생각과 갈등, 아이들이 게임에 빠져드는 모습, 아이들이 합심해서 파란의 독립을 돕는 장면 등을 구현하게 되었습니다.

개작을 마무리하고 출간을 앞둔 지금, 저는 완전히 처음으로 돌아가서 내가 어떻게 하다가 이 작품을 구상하게 됐을까를 떠올려 봅니다.

일단 중력과 관련하여 영감을 받은 SF들이 있습니다. 로버트 A. 하인라인의 『달은 무자비한 밤의 여왕』, 할 클레멘트의 『중력의 임무』, 제임스 S. A. 코리의 『익스팬스』 시리즈, 메리 도리아 러셀의 『스패로』, 오슨 스콧 카드의 『엔더의 게임』 등입니다. 이 소설들 모두가 지구와 중력이 다른 곳에서 산다면 어떤 일들을 겪게 될지를 보여줌으로써 인간의 사고력과 상상력을 확장시켜 주고 있습니다.

특히 『엔더의 게임』은 『스노볼』에서도 언급되는 작품인데, 십대들이 우주선에 모여 살며 외계인과의 전쟁을 준비하는 과정을 통해 주인공이 어떻게 성장해 나가는지를 보여 줍니다. 이 소설에서는 무중력 속에서 아이들이 전투 훈련을 받는 모습이 실감나게 묘사되고 있고, 어른들이 최소한의 개입과 보호만을 제공하는 환경에서 아이들 간의 우정과 갈등이 어떻게 일어나고 해결되는지가 섬세하게 다뤄지고 있습니다.

『엔더의 게임』만큼이나 『스노볼』에 영향을 준 작품으로는 영화 〈보이저스〉를 들 수 있습니다. 〈보이저스〉는 아이들을 태우고 새로운 행성을 찾아가는 세대우주선을 소재로 한 영화로, 질풍노도의 시기인 십대 아이들을 통제하는 장치가 사라졌을 때 그 아이들의 심리가 어떻게 변하고 서로 간에 어떤 갈등이 일어날지에 대해 생생하게 묘사하고 있습니다.

　그밖에도 윌리엄 골딩의『파리 대왕』, 쥘 베른의『15소년 표류기』를 통해 어른 없이 아이들만 모여서 생활하는 모습을 상상할 수 있었고, 세찬미르 같은 세대우주선에 대한 영감은 로버트 A. 하인라인의『조던의 아이들』, 베르나르 베르베르의『파피용』, 김준녕의『막 너머에 신이 있다면』에서도 얻을 수 있었습니다.

　하지만 이 작품들은 제가『스노볼』을 쓰는 데에 참고서 역할만 했을 뿐, 제가『스노볼』을 쓰게 된 계기는 인터넷에서 본 어느 영상에서 비롯됐습니다. 우주정거장에서 일하는 어느 여성 우주비행사가 무중력 속에서 생활하는 모습을 찍은 영상인데, 그분의 기다란 머리카락이 지구에서 생활하는 우리와 달리 사방팔방으로 뻗쳐 있는 모습이 장관이었습니다.

　그때 마침 저는 우주선에서 생활하는 어느 무용수의 이야기를 쓰고 있었는데(그 우주선은 여느 SF에 나오는 것처럼 중력 발생 장치가 가동되어 사람들이 바닥에 발을 딛고 걸어 다니는 우주선이었습니다) '무중력에서 춤을 추면 어떤 느낌이고 그게 다른 사람에게는 어떻게 보일까?' 하는 질문을 떠올리게 되었습니다.

　그 질문과 함께 저는, 우주에서 생활하며 무중력 댄스에 푹 빠진 사람이 있는데 그가 지구로 돌아와야 한다면, 그리고 다시는 우주로 가지 못해 무중력 댄스를 더 이상 추지 못한다면 그 사람이 느끼는 상실감은 어떤 것일까 하는 상상도 하게 되었습니다.

그때 그런 생각이 떠오르더군요. 무중력 상태에서 태어나고 자라 무중력에 익숙해진 아이들이 중력장 속으로 들어가서 살게 되는 이야기를 써 보면 어떨까. 특히 그중에 무중력 댄스를 사랑하고 그걸 평생의 업이자 꿈으로 삼게 된 아이가 있다면 그 아이는 그 상황을 어떻게 받아들일까에 대해서.

그렇게 해서 파란이 탄생하였고, 동시에 파란과 대척점에 있는 아이 또한 태어났는데 그가 바로 노민입니다. 반드시 행성으로 내려가야 한다는 생각이 확고한 상태에서 그러한 생각이 주입된 것인지 스스로 원해서 내린 결론인지를 고민하는 아이들이 많을 텐데, 그중에 하필이면 어른들이 주입한 생각이 자신이 원하는 것과 일치하는 바람에 '이게 정말 내 생각이 맞을까' 고민하고 자신과 생각이 다른 친구들과 갈등을 겪게 되는 인물이 또한 있을 테니까요.

그렇게 저는 파란과 노민을 만나게 되었는데, 이 둘은 어떤 면에서는 서로를 공감하지만 어떤 면에서는 서로를 공감하지 못하게 됩니다. 그러다 둘은 끝내 서로를 이해하고 응원하게 되고, 그 둘을 지켜보던 저는 그 과정을 한 편의 이야기로 써내게 되었습니다.

이 외에도 다양한 생각과 심리를 가진 인물들이 존재할 것이기에 수찬, 효준, 소월, 기동, 도경, 지혁 같은 아이들이 태어나 이야기를 함께 이끌어 나가게 되었습니다. 덕분에 이야기가 풍성해졌고, 여러 캐릭터를 다루다 보니 쓰는 과정이 힘들면서도 재미가 있었습니다. 이 작품을 쓰면서 저도 한 단계 성장한 느낌입니다.

저는 이제 독자 여러분이 이 소설을 읽고 어떤 걸 느끼고 어떤 생각을 할까, 그리고 그 결과 각자의 삶이 어떻게 달라질까 궁금해집니다. 여러분이 이 이야기를 어떻게 읽든 모두 독자 여러분의 자유입니다. 이 이야기를 읽고 그 어느 곳에든 의견을 남겨 주시면 정말로 감사할 것 같습니다. 한편으로는 먼 훗날 정말로 지구에서 멀리 떨어진 어느 우주선에서 태어날지도 모를 노민과 파란과 아이들을 응원해 주시면 좋겠습니다. 그리고 그 전에, 여러분이 가진 꿈에 대해 생각해 보고 스스로와 친구들을 응원해 보는 시간도 가져 보면 좋겠습니다. 이 소설이 여러분에게 재미와 감동을 선사하고 여러분의 생각 주머니를 키우는데 조금이라도 보탬이 된다면 저는 이루 말할 수 없이 기쁘겠습니다. 읽어 주셔서 감사합니다.

2025년 3월, 눈 내리는 어느 봄날
오동궁 드림

너는 스노볼 속에

© 오동궁, 2025

초판 인쇄 | 2025년 6월 9일
초판 발행 | 2025년 6월 16일

지 은 이 | 오동궁
펴 낸 이 | 서장혁
책임편집 | 이지원
마 케 팅 | 최은성
디 자 인 | 이새봄

펴 낸 곳 | 토마토출판사
주   소 | 서울시 마포구 양화로161 케이스퀘어 727호
T E L | 1544-5383
홈페이지 | www.tomato4u.com
E-mail | story@tomato4u.com
등   록 | 2012. 1. 11.
I S B N | 979-11-92603-69-8 (03810)

• 토마토출판사는 항상 독자 여러분의 아이디어가 반짝이는 소설 작품 투고를 받고 있습니다.
  - 소설 투고 : story@tomato4u.com